台灣作家系列

追火車的甘蔗囝仔

碎石子的年代裡有媽媽的往事，
徬徨少年裡有生命轉彎的地方，
這裡有庄腳囝仔落蒂向前走的青春少年味，
也有平凡老百姓濃濃的情義味……

落蒂 著

國家圖書館出版品預行編目資料

追火車的甘蔗囝仔 / 落蒂著.
-- 初版. -- 臺北市 : 生智, 2005 [民94]
面； 公分. -- （臺灣作家系列）
ISBN 957-818-747-5（平裝）

855　　94011485

台灣作家系列

追火車的甘蔗囝仔

作　　者：落蒂
插 畫 家：蔡信昌
出 版 者：生智文化事業有限公司
發 行 人：宋宏智
企劃主編：范維君
印　　務：許鈞棋
專案行銷：吳明潤
登 記 證：局版北市業字第677號
地　　址：台北縣深坑鄉北深路三段260號8樓
電　　話：（02）8662-6826　傳　真：（02）2664-7633
讀者服務信箱：service@ycrc.com.tw
網　　址：http://www.ycrc.com.tw
郵撥帳號：19735365　　戶　名：葉忠賢
印　　刷：上海印刷廠股份有限公司
法律顧問：煦日南風律師事務所
初版二刷：2008年5月　　新台幣：250元
I S B N：957-818-747-5

總 經 銷：揚智文化事業股份有限公司
地　　址：台北縣深坑鄉北深路三段260號8樓
電　　話：(02)8662-6826
傳　　真：(02)2664-7633

追火車的甘蔗囝仔

碎石子的年代裡有媽媽的往事，
徬徨少年裡有生命轉彎的地方，
這裡有庄腳囝仔落蒂向前走的青春少年味，
也有平凡老百姓濃濃的情義味……

落蒂 著

出發吧！人生

文學家的直覺是敏感的、
生命是豐富的，
文學家走過的路
更是深刻且帶著奮鬥的靈魂。

台時副刊主編　黃耀寬

出發吧！人生

文學家的直覺是敏感的，文學家的生命是豐富的，文學家走過的路更是深刻且帶著奮鬥的靈魂。

意志的方向

我們該如何面對未知的人生呢？

未來的人生是不是充滿太多未知數和不確定性，要踏出下一步，人生又有點遲疑和不安全感。

如果審視過往的日子，人生的腳步曾在哪兒停留？曾在哪個地方跌倒傷心？又曾在哪段路途芬芳滿徑？

過往的每個日子，都是用心生活的日子啊！

如果將每個重要的日子，看成人生中最重要的駐足點，再將這一點點重要的足跡連接起來，就是一條重要的人生路了。

是誰規劃出地圖的北上南下呢？

人生的道路也要遵循「北上南下」的指示嗎？

不！

應該要以實現自我意志爲中心。

秦皇陵裡所發現的地圖就不是以北上南下爲出發點，秦俑所面朝的方向也都不是以北邊爲上。

秦王以哪邊爲戰鬥的方向，那裡就是朝上戰鬥的出發點。

在自己的人生地圖上，也要站穩自己的出發點，面對自己人生的方向，實現理想的意念。

無情的考驗

「怎麼辦啊！阿冊仔怎麼辦啊！這麼多小孩，而且又都那麼小。」

在嘉南平原邊陲的小村莊，村婦們，妳一句，我一句的講著閒話。

只有地瓜簽配醬油果腹的年代，才國小一年級的落蒂，就面對人生最嚴肅而無情的挑戰。

「當警察的父親，逝世了……」

不到十歲的年紀就必須嘗到來自長輩的人情冷暖，以及同輩之間的冷嘲熱諷。無形中、在人生的路上都需面臨最無情的打擊和最沉重的考驗。

在往後的路途上遇到生活的困頓顛沛、求學離家的兄妹之情、命運的磨難與辛酸都加諸在落蒂的身上。但是、這些人生經驗的累積和磨練，並沒有將落蒂給擊倒，反而勇敢的迎擊和解決，讓自己的人生不斷加分，往自己人生理想的出口邁進。

「辛苦過去了，現在這個烏魚仔拿回來的油可以像水一樣的用。」

昔日的庄腳囝仔初為人師領回油鹽米時，已經七十歲的外婆慈祥的笑了。

人生最寶貴的哲學，並不在於領回多少油鹽米，賺取多少錢。而在於積極發揮生命的創造性，且獲得正面的肯定。

落蒂每走一步路、每接受一次的挑戰，生命價值就不斷的提高。對於一位庄腳囝仔的奮鬥，人生的光榮就愈發光芒。

昂揚的鬥志

「刺激是前進的原動力。」這句話是落蒂最喜愛的句子。「只要遇到不如意，遇到打擊，它常常在腦中一閃，讓我有勇氣度過難關。」落蒂解釋著喜愛這句話的原因。

人生的路途永遠有挫折，端看我們能不能鼓起勇氣突破逆境。對於一位沒有家世背景，單親家庭的小孩而言，在人生的路上更是沒有理由絕望沮喪、自悲自嘆。

人生難免有遺憾，無時不在想：我們還缺少什麼。我們何不學習落蒂把怨嘆的心情除去，化爲前進的動能。把不如意的遺憾變成完美的挑戰，讓實現理想的意志更堅強。

落蒂曾走過一段最艱苦的道路，這條路可能有很多和落蒂有同樣背景的庄腳囝仔都走過。

但是落蒂並不叫苦，也沒有忘記恩師的培育、好友的鼓舞、手足之情以及母親和外婆的養育。

在落蒂人生的道路上至情、至親、至性之處感人熱淚，落蒂並沒有將這些辛酸和點滴忘了。卻積極的用文學家的筆觸描寫下來，讓我們分享人生道路的甘苦。

落蒂的散文並不空談人生的理論，而是用親身經歷帶我們看到最積極的人生，最務實而又肯定的人生態度。

在地圖上，你找得出嘉南平原在哪裡？新港在哪裡？台南在哪裡？但在自己的人生地圖上，你到台南要做什麼？你到台北要做什麼？你的人生理想又在哪裡呢？你找得到自己在人生地圖的座標嗎？

我們是否在人生的地圖迷失了方向，徬徨了方位呢？

不要怕、學習落蒂務實而又肯定的人生態度吧！

進而「推敲生命意義，確定生命價值。」方東美先生如是說過。

我們在人生地圖上要很有自信的知道人生的方位，而不是只有「向左走、向右走」的選擇。

把握人生吧！在人生地圖上往理想的目標邁進。一如落蒂所說：

「不論到七老八十，我都會保持昂揚的鬥志。」

黃耀寬　識于二〇〇五年五月

庄腳囝仔情義濃

碎石子的年代裡有媽媽的往事……

徬徨少年裡有生命轉彎的地方……

這就是庄腳囝仔落蒂濃濃的青春微積分

陳正家

庄腳囝仔情義濃——讀《追火車的甘蔗囝仔》

有一位朋友，還沒來以前希望他來，來了以後希望他不要走，走了之後希望他再來，他就是與我相交往近半個世紀的老朋友——落蒂。

高中時代，我抱著印度人詩人《泰戈爾詩集》猛背誦的時候，他已是臺南師範學校的名詩人；當我去補習班補英文的時候，他已是北港高中的英文老師；現在我還在爲子女勞碌奔波的時候，他早已教子有成；當我還在杏壇上聲嘶力竭的吶喊時，他已經退休在家以寫作爲樂了。他總是走在我的前面，讓我嫉妒、讓我羨慕、讓我佩服、讓我自覺害羞，但卻讓我覺得沾了他的無數光彩。

落蒂生於臺灣光復之初，《追火車的甘蔗囝仔》一書中所寫的就是整個臺灣社會的生活寫照，在書中可以見到的是：落蒂將生命的韌度逐漸加強、將生活的熱度逐次加溫、將生存的價值逐年提昇、將生涯的規劃一一落實；落蒂在樂觀中有悲憫的眞情、在感嘆中有深層的慰藉、在含淚的啜泣後有朗爽的笑容；在《追火車的甘蔗囝仔》一書中：回映出年少輕狂的生命，塗滿了絢麗的色彩；年輕熱辣的生命，畫滿了燦爛的圖騰；年壯踏實的生

命，充滿了血汗與火光；而今成熟的生命，滿懷了感恩與知足，這種圓熟的智慧，在《追火車的甘蔗囝仔》中處處可見。

落蒂以寫詩和詩評聞名，從高中時代，一路走來，不但著作等身，且連年得獎；最近他把一些人生經驗際遇寫成散文，在臺灣時報副刊連載，用筆樸實，沒有任何渲染，幾乎所有的生活都是原汁原味，沒有添加人工甘味，所有的故事，都是原版原寸，不是合成照片，所有的人物都是原音原形，沒有瘦身，更沒有增胖。《追火車的甘蔗囝仔》中寫母子親情，讓我心中溫溫暖暖、寫手足之情讓我心有戚戚、寫朋友之情讓我與有榮焉。落蒂寫師生之情讓我動容，他寫嬤（祖）孫之情讓我含淚，他寫世情，他寫風情，這是一本字字有情的「情書」。在此有幸先睹為快，重溫一次兒時的艱辛，成長的喜悅，有幸再編一次少年的綺夢和幻想。藉著讀文章的機會，和落蒂在書中晤談，看他的成長、成就和成德，而分享了他的喜悅；看他的挫折、貧困和憂勞，也許能化解我心中些許的愁苦，這是我最覺得窩心的地方。

陳正家　識于　二〇〇五年

（本文作者陳正家為散文家，著有《走過一世紀》、《九份黃金客》等書）

目次

目錄

人就像旅行者，從出生地開始，
一地走過一地，見過的人何止萬千，
見過的事物何止千萬。
如果拿一張地圖，
把走過的地方都做一個記號，
然後從出發的地方開始畫線，
一個點接一個點，
那將會是密密麻麻的像一張世界地圖。
如果把這張人生地圖加以詳細的描繪，
把走過的地方特色，詳詳細細的記載，
把遇見的人仔仔細細的刻畫，
把所發生的事，實實在在的回憶，
像一部怎樣的人生書籍？

——落蒂

出發吧！新港❶

……當年是靠蔗糖賺外匯的時代，甘蔗是受保護的作物，禁止食用，當時偷吃是要罰款的，小孩子們常追著火車跑，用力把甘蔗拉下來帶回家吃。

我出生在一個農村，村子有三個潭，互相通連，兩邊的潭比較大，中間的比較小，潭與潭之間是靠小溝渠互通水的有無，潭中養草魚和鰱魚，通常都禁止垂釣，但我和潭主是鄰居，可能因此之故，小的時候有一次偷偷去垂釣，別的小孩子都瞥見主人就跑了，只有我不知道主人來了所以沒跑，看見

▲新港奉天宮

主人，我對著他不好意思的笑一笑，而他竟未處罰我。從此我也就名正言順的常去垂釣，但那時候的釣魚用具簡陋，釣不起大魚，如能釣到小魚就心滿意足了。潭中放有竹筏，我們常與同年玩伴在潭中划竹筏，有時用力搖晃竹筏，魚兒驚嚇跳起，幸運的時候還會抓到大魚，在貧窮的年代，能有魚吃，是一件不得了的事。

村子四周都是水田，小時候常常去釣青蛙，釣青蛙的方法十分簡單，拿一支小竹竿，綁上一條五十公分左右的線，線上綁小青蛙或蚯蚓，在田間上下抖動，青蛙看見了，以爲是食物就一口咬住不放，此時拉上來，另一手拿網子一接，青蛙就落在網子裡，有時一個下午，可釣個十來隻，煮湯或清燉，味道十分鮮美。晚上就拿手電筒去抓青蛙，燈光一照，青蛙就呆呆的不會跑跳，一個晚上可以抓一竹簍子，除了自己吃，還可以賣錢呢！

除了水田之外，就是甘蔗田，當年是靠蔗糖賺外匯的時代，甘蔗是受保護的作物，禁止食用，如果偷吃是要罰款的，當時糖廠都會派保警出來抓，我們一看到就會大喊：「兵仔來了！兵仔來了！」其實他們不是阿兵哥，但是大家都說是「社會兵仔」，原因爲何不得而知，但是村人的確很怕他們，那時候沒有零食，吃甘蔗是上等享受，哪能不吃？但是罰款大家也怕啊！還是有人不小心被抓到，那種哭喪著臉的神情，到現在還十分清晰，如在眼前。不過，抓歸抓，我們還是常躲在蔗田中偷吃，吃到飽再出來。村旁有小火車道，一有載運甘蔗的火車經過，小孩子們常追著火車跑，用力把甘蔗拉下來帶回家吃。但是常有不小心的孩子跌倒或摔傷，我的小學同學小狗子就因拉不下甘蔗被火車拖著走，意外的竟滾到車輪底下被輾死了。

村人常種的另一種作物是地瓜，也就是蕃薯，當年大家都以地瓜爲主食，雖有稻米，但都捨不得吃，那是要賣錢的。每一次地瓜收成，撿拾蕃薯的人特別多，甚至有來自海邊漁村的人，每一個手拿一支插子，背著竹簍，用力在地上插，如果有遺漏的地瓜被插到，就撿起來放在竹簍裡，但是哪來那麼多遺漏的地瓜？大都是偷，怎麼偷？原來是插子很長，往往主人不注意，就伸向整堆的地瓜，插一個過來。有一次我也去撿地瓜，眼看一條地瓜從車子上掉下來，我用力把插子刺去，不得了，一個撿地瓜的男孩，竟然用腳一踩，踏住那條地瓜，我的插子竟不偏不倚的插在他的腳背上。

我住的村子有一條嘉南大圳通過，村中的孩子常常去圳中游泳，俗稱「洗身軀」；那時候沒有人家中有浴室，男人都在古井旁洗澡，用鉛筒拉起一筒井水，往身上一沖，清涼無比，人人如此，誰也不以爲怪，孩子則到圳中洗澡，順便游泳，游泳的姿勢十分可笑，頭抬得高高的，兩手用力往後划水，兩腳用力打水，竟然也可以前進，我們戲稱「狗爬式」，雖然姿勢可笑，卻也讓不會游泳的人羨慕異常，因爲後來我到城裡唸書，竟然是少數會游泳的學生，戴著白帽，十分神氣，只有四位白帽，其他都是紅帽，不會游泳的人數衆多，擠在水淺的半邊泳池，教師開始教打水、水中浮潛、水中自救，教了一個學期，會游的還是只有四位，眞是奇怪。

這是我出生的地方，一個小小的村莊，雖然外出讀書、工作，一眨眼就過了幾十年，然而，我還是常常回到這個人生的起點，從小長大的地方，常常去潭畔散步，常常去田野間回憶，不論我走到哪裡，看過多少美麗的風景，看過多少繁華的都市，它依然在我心中，占有相當大的份量，永遠是最美的村莊。

❶新港原稱「麻園寮」，一七四八年前後（乾隆初期）因胡麻遍地叢生得名。早期笨港溪（即今北港溪）氾濫，笨港市鎮被水沖毀，部分居民以及沿著笨港街的官署遷徙至此地形成市鎮，改稱笨新港，後以「笨」字不雅只稱「新港」。

碎石子路的年代

在窮苦的年代，鞋子是奢侈品，只有過年才穿，打赤腳走在碎石子路上，又刺又痛，夏天熱燙難耐，冬天則奇寒無比。

讀小學的日子是我永遠無法忘懷的，那時學校在鄉公所駐在地，離我們村卻有二公里，每天都要走路上下學。馬路鋪滿碎石，不像現在有柏油路，同學都打赤腳上學，在窮苦的年代，鞋子是奢侈品，只有過年才穿，打赤腳走在碎石路上，又刺又痛，夏天熱燙難耐，冬天則奇寒無比。路旁的排水溝，常是我們躲避風寒的地方，我們常頭低低的跑在排水溝裡，一路跑到學校，還好，冬季排水溝大概都是乾的，我們小小的身軀才能在溝中奔跑，否則，跑在馬路上，也會被風吹到水溝裡。

當年鄉下人很多不給小孩子唸書，理由是要小孩子在家看牛，甚至看弟弟妹妹，印象最深的是陪老師到村子裡招生，什麼「有牛奶可以喝啦！」「有餅乾可以吃啦！」「可以替孩子治砂眼啦！」「可以驅蛔蟲啦！」不一而足，總是要給他們很多好處，他們才讓孩子到學校去唸書。

我在民國四十年九月進入小學就讀，只記得第一天就找不到自己的教室，那是一個休息時間，上完廁所後不久，上課鐘就響了，竟然忘了自己的教室，也不知道哪一班，當然更不識字，只好隨便跑進一間教室，看到一個空位就坐下。第一天，老師不認識學生，但我卻知道那不是自己班上的老師，心裡十分害怕，只好硬著頭皮上到下課。第二天，我就緊跟著同村的阿文，以免又跑錯教室，因為阿文慢了好幾年才入學，個子足足比我高一個頭，有大人的樣子，跟著他，我心裡踏實不少。

民國四十年，常常防空演習，幾乎每天都是，常念了一節，警報就響了，就放學回家，小孩子當然十分高興。學校又規定不得走大路，要走田間小路，走小路，小孩子名堂就多了，有瓜就摘瓜來吃，有豆子就拔豆子來烤，農曆年關將近，稻子收割完畢，有人會種短期作物，「番仔豆」就是短期可收的。利用稻草烤番仔豆，吃起來香噴噴的，同學們還互相用泥灰塗臉，大的塗小的，我因個子較小，常是被欺負的對象，不但臉被塗黑，有時衣服也被剝了，整個人被丟在泥灰中滾一圈，當時氣得哇哇大哭，現在回想起來，竟然覺得有趣難忘。

說到被欺負，還有一件令我至今印象深刻的，那就是穿著藍色的內褲，或麵粉袋做的，上面印有中美合作的內褲，常被個子大的同學脫起來丟到大樹上，只好爬上去拿下來，後來我告訴阿文我的痛苦，他很同情我，說要保護我，條件只有一個：作業要借他「參考」，考試也要幫助他，那還不容易，我成績一向很好，這種小忙對我來說太容易了，果然，從此以後就沒有人敢欺負我了。

讀五年級時，要升學的開始參加補習，每天上課到晚上八、九點才回家，學校附近的同學有人送便當，我們只好餓肚子，直到上完課回家才吃剩飯，那時的飯大部分是地瓜，難得看到米，配菜更是簡單，有時泡醬油也可以過一餐。

許多同學都開始騎自行車了，我因家貧，沒辦法買二十四吋的車子，只有父親那輛二十八吋的舊腳踏車。最先因個子小，就從三角形的洞把腳穿過去，兩手握住手把，人靠在一邊，騎了起來，俗稱「騎三角洞仔」，後來覺得太累也太難看，就把坐墊拿掉，綁上一團破布降低高度，人坐在上面，騎的時候就用腳板先把腳踏子踢上來，然後踩下去，另一腳也是用腳板把腳踏子勾上來，然後踩下去，樣子十分滑稽，但有很多同學如此，誰也不會笑話誰。

貧窮的年代，不但鞋子要過年過節才穿，就連衣服也要過年過節才穿，因此買的時候，一定要選大一、兩號，選長幾吋。平常穿舊衣，破了就縫縫補補，很多同學都故意把褲底補厚一點，因爲考試成績不好要挨打，除了打手心外，就是打屁股。打手心時只好認了，打屁股就有辦法了，居然有位同學的褲底補上兩塊舊輪胎。起先老師沒注意，後來聽聲音覺得奇怪，他被打時，同學都在竊笑，等老師會意過來，那位同學就慘了，「脫掉！」啪！啪！啪！兩邊屁股紅腫得好幾天都不能坐，只能站著上課，但那時候不會有人告老師。

那個時代，我們沒有什麼娛樂，跳格子、打尪仔標、彈珠、鬥蟋蟀……能玩的東西還不算少，只是不必花錢。我們還玩一種最特別的遊戲「滑泥地板」，下雨天，把地板用腳磨得很滑，然後遠遠的跑過去，蹲一個較穩的馬步，看誰滑得遠，有時沒站好滑倒了，一身是泥巴，但那是讓人快樂的泥巴，讓人數十年無法忘懷的童玩。現在一切都變了，一切都好了，物質生活條件好了，但我還是時常回憶那個年代，懷念那個年代。

媽媽的往事

小時候聽外婆在罵：「三疊溪那個路旁屍，西庄那個椪肚短命」，原來是媽媽和住在三疊溪的李老師退婚後，西庄的大姑丈阿木仔就去做媒，把媽媽和爸爸的婚事訂了。

媽媽和住在三疊溪❶的李老師退婚後，西庄的大姑丈阿木仔就去做媒……

從小由於一直在外面撒野，對家裡的情況比較不在意，只記得父母時常爭吵，感情並不好，之所以感情不好，原來是「嫉妒」兩個字在作祟，故事也是在懂事以後，才由媽媽的口中描述得知。

媽媽是一個十分孝順的人，對外婆的照顧尤是。原來外婆出身名門，有兄弟做到醫生、全國少數幾家大藥廠的老闆，侄孫輩也有人做到國大代表之類的人物，她卻被送人當養女，聽說當年的習俗都是如此。自己的女兒送人當養女，自己再抱別人的女兒來做養女，有的方便差遣奴役，有的要做童養媳，外婆就是這樣被送人了。從小放牛、種田的雜

▲中坐者為祖母與母親，後排左起二弟、大妹、落蒂、三弟、四弟。

活，無一不會，她常指著她的大腳說：「阿媽這雙大腳，在當年可是只有奴婢才有。」然後就狠狠的罵起自己的生母來，我最記得的是「狸貓母」，小時候不知什麼叫「狸貓母」，直到歌仔戲演「狸貓換太子」才稍知狸貓是什麼東西。

外婆最不幸的還不止當養女這檔子事，最不幸的是嫁給外公。外公是一位公子哥兒，做建築包商，每天花天酒地，曾經喝醉酒在酒樓上往下撒鈔票給行人搶拾，也曾帶酒女回家，當著酒女的面打外婆以示「威風」。外婆的種種不幸，尤其以兩個兒子養到四、五歲夭折時為最，她常說兒子是命根，怕他冷怕他熱，卻養不活，女兒是菜籽命，卻隨便撒隨便活。媽媽的名字就叫「冊」，台語是「十分生氣之意」，最小阿姨叫做「足」，合起來是「冊到十足」，原來是「氣到極點」之意。

由於外婆沒有兒子，母親就表明要招贅，要給外婆依靠，因爲外公又另娶酒家女爲妻，並生了三個兒子，外婆既悲嘆自己命運不好，也怕「招贅」影響女兒婚姻，因爲當年招贅的男生是會被恥笑的，但是媽媽執意孝順，在她服務的小學校裡，有一個年輕未婚的男老師，兩人就經同事撮合，男方同意入贅，而訂了婚。

訂婚不到幾天，突然有同事來告訴媽媽「李老師說砍給母豬做飼料也不招贅」，母親一聽堅持退婚，也就由於這個退婚事件，深深影響了父親和母親的感情。

小時候聽外婆在罵：「三疊溪那個路旁屍，西庄那個椪肚短命。」原來是媽媽和住在三疊溪的李老師退婚後，西庄的大姑丈阿木仔就去做媒，把媽媽和爸爸的婚事訂了。名義招贅住在女方家，卻不改姓，子女也隨父姓，因外公自己又有三個兒子，不缺傳承香火的人，也就由於這兩位男人，一位住在三疊溪，一位住在西庄改變了媽媽的命運，所以外婆十分痛恨，到七十歲生病過世之前，還天天在咒罵。

由於爸爸知道媽媽曾經訂過婚，可能心中不是滋味，常常毆打媽媽，有一次竟然在溪口大街上用腳踏車撞媽媽，這事被外公知道，十分生氣，當年外公怎麼說都算是頭有臉的人物，那堪你如此作爲，雖然自己又娶了小老婆，但影響到他面子的事，那能忍受？外公出面，把父親狠狠罵了一頓，並從溪口把爸爸和媽媽趕回新港，外公說要漏氣回自己家去漏氣。

父母搬回新港之後，沒什麼事可做，父親就去考警察，警察工作地點調來調去，母親就跟著父親搬來搬去。但父親的調動也實在太頻繁了，一下子在嘉義市東門，一下子又調三界埔什麼地方的。原來父親的個性不太合群，比如大家分額外的津貼，父親一概不拿，因爲那些錢來路有問題，但是長官一看你不拿，他也怕你，所以就想辦法把他調走，媽媽說父親最講究衛生，從不敢在外面攤子吃飯，即使公事忙到錯過吃飯時間也要回家吃，但偏偏就有商店檢舉父親常要吃免費的糕餅，母親說父親那敢吃那種東西，原來有些商店糕餅舖不加蓋，蒼蠅飛來飛去，父親曾叫商人要注意衛生。如此而已，居然因而調職。最不可思議的是有一次父親去抓賭博，賭場是一個寡婦開的，抓到時還哭哭啼啼訴說什麼孤兒寡母啦，不能生活啦，一大堆哀求的話，父親並非沒有同情心，只是違法的事情只能公事公辦，想不到事情弄到後來，竟然是父親被免職，理由是那位寡婦告父親性騷擾。

父親一想不幹就不幹，反正待遇也不好啦，個性又不合，終於自己捲舖蓋回家。但沒職業也不是辦法呀！剛好農會有一個缺，又在自己家鄉，父親就去接洽，想不到要那個缺的人還不少，而且都有背景，那時最幫忙父親的是一位林醫師，林醫師知道父親珠算很好，有上段的實力，就建議考珠算決定人選，那些爭取的人一聽考珠算，紛紛打退堂鼓，父親終於進入農會信用部做事。每一次聽媽媽說這些陳年往事，我都十分感興趣，原來那也是早年台灣社會的一段寫照啊！

❶三疊溪流經嘉義縣，長四公里，其上游有一高四十公尺之安靖瀑布（嘉義縣梅山鄉），是北港溪流域中最壯觀的瀑布。

頑皮三小子

之後阿平就被迫轉學台北他叔叔家，一直到後來他考上台大醫科我們才在成功嶺上碰到面。

小學一年級的時候，由於對環境不熟，彼此也不太認識，又有一位十分凶悍的男老師當導師，大家乖得像一群綿羊，但升上二年級，換了一位剛到職的年輕女老師，個性又好，全班往往像菜市場，熱鬧非凡。老師上課，她講她的，我們講我們的，有時還起來追逐、打鬧，老師一點辦法都沒有，那時班上最調皮的有三位，同學都叫這三位同學

▲筆者小學時代就讀的新港國小現況。

「三劍客」——我、阿合和阿平。我們往往帶著全班打鬧，有一次竟然是把全班的課桌椅堆成一個小山，有的拿水筒澆水，有的用掃把滅火，大家狂喊「打火啊！打火啊！」，老師氣得當場哭了起來。此時，突然一聲大喝：「不要吵！」原來是隔壁班的導師，外號「赤查某」站在門口，果然吵鬧聲停下來了，「把課桌椅排好，快！」聲大如雷，我們果然乖乖的照辦：「大家坐好，手放在膝蓋上，端正坐好！」接著是一連串的訓話，霹靂啪啦的講了一大堆，手上還揮動著籐條，那一天，我們都很乖。

但好景不常，不久，我們又嬉鬧如故，導師終於開始兇了起來，但還是不得要領，如只會用粉筆擦抹我們的臉，只要她一抹同學的臉，同學就跑到教室前面的小水池洗臉。有一次我被抹了滿臉粉筆灰，我飛快的衝出教室，正好碰到校長巡堂，校長是一位十分威嚴的長者，我嚇了一跳，但他走到我的面前，和藹的問我：「爲什麼跑出來啊！」我一時心急，胡亂回說：「老師用粉筆擦抹我的臉，那會長癬呀！」校長沒有責備我，叫我回去安心上課，年輕的女老師那一堂課足足哭了一小時，原來校長告訴她：「要想想辦法，用粉筆擦抹學生的臉會長癬。」竟是我急中回答的答案，而那位年輕的女老師第二天起就沒來上我們的課，我們也換了一位兇悍的男老師，從此上課就靜悄悄的，靜得要命。

但那也只是上課不敢鬧而已，下課後我們仍然是海闊天空，到處胡鬧。有時三個人相約逃學去看布袋戲，去撿芒果，去偷木瓜，所有調皮搗蛋的事都幹遍了。

布袋戲是當年很吸引人的娛樂，沒有收音機、沒有電視的日子，看布袋戲是小孩子最嚮往的事情。然而，沒有錢是最大的難題，我們就等在戲院門口，跟在大人的後面混進去，最初幾次得逞，後來收票員認出了我們三人，一把抓住我們的衣領，狠狠的把我們推出來；嘴裡罵著：「幹你娘，沒錢還來看戲！」之後，我們就只好等散戲，看戲尾，原來戲院為了招徠客人，最後十幾分鐘，戲院門口大開，歡迎免費入內觀賞，此時，我們樂得看免費的戲，而且戲劇內容往往最精采，往往留了一個「扣子」（伏筆之意），我們每天都想著要趕快去「看戲尾」，有時老師上課上得忘了下課（以前老師很用心，放學後常自動加課），我們就逃學去看戲尾，老師的課，不如布袋戲來得有吸引力。

至於採芒果撿芒果，那實在是令人終生難忘的事，話說新港和民雄之間，有一條林蔭大道，那就是在菁莆附近的兩旁芒果林，樹幹足足有大人雙手合抱那麼粗，每年都會結很多芒果，在採收之前，有些先黃了，風一吹就掉下來，我們往往在樹下草叢裡撿到不錯的芒果，有時甚至撿了一書包滿滿，放學時大家競相跑在前面撿芒果，但是全校人多，收穫有限，為了比別人撿多一點，唯一的方法就是提前下課，逃學就成了最容易的方法，當然第二天挨打是免不了的。我們已經慣於挨打了，而且研究出止痛的方法，那就是在抽屜裡

放一塊玻璃板，由於玻璃板冰冰的，被打得紅腫的手按在上面，竟然也有減輕痛苦的感覺。然而，芒果有時竟是一顆也不掉下來，我們只好爬上去摘一些，那時心裡好怕，因為有商人包下這一片芒果林，商人常常會派人巡視，我們動作很快，摘幾個就下來，往往能順利凱歸，但有一次阿合貪心，摘了一書包滿滿才下來，剛好被逮個正著，我們三劍客就被帶到派出所，還好阿平的哥哥是醫生，聞訊趕來，和商人接洽討論了一下，賠一些錢，我們就沒事回家了。但從此阿平就被迫轉學台北他叔叔家，直到後來他考上台大醫科我們才在成功嶺碰到面，不過，他還是十分懷念那段調皮的歲月。

阿平轉學台北後，只剩阿合和我了，

但我們調皮如故，有一次經過一個木瓜園，看到一顆木瓜正紅，但我們個子小摘不到，我們兩個竟合力把那棵木瓜扳倒，現在回想起來，簡直皮的不得了。日子就這樣在調皮、挨打之間過著，直到五年級時遇到一位頗能掌握我們「兒童心理」的老師，才慢慢收起頑皮之心，準備當時的升學考試——投考初中，並且還考的不錯，我和阿合都考上第一志願——縣城裡的省中呢！回憶是美好的，但是當四十幾年後，我再回到新民公路菁莆段，那片芒果林不見了，代之而起的是四線道的公路，筆直寬敞，卻令我感慨不已。而我常逃學去看布袋戲的明星戲院也拆了，真是物換星移，滄海桑田，不堪回首啊！

六暢爺爺 ❶

爺爺是村裡面有名的「六暢人」……爺爺常替有錢人辦事，反正是慷有錢人之慨，出手十分大方……

爺爺在我三歲時就過世了，我對他沒什麼印象，有關他的一切大概都是聽長輩們說的。他們說爺爺小的時候就跟曾祖父從大陸來台，曾祖父由於工作太過勞累，不久就病死了，當時爺爺才十來歲。流落在這個小村莊幫人打雜，台語叫「呼勞」，就是呼來喚去的奴隸，由於主人沒有男丁，就被招贅進來。當時約定生第一個男孩要姓主人的姓，可是奶奶一連生了四個女兒，第五個才是男孩，也就是父親，爺爺去報戶口時就把男孩報為自己的姓，反正奶奶又不識字，就這樣，我們這個姓在這個村子是「萬綠叢中一點紅」只有我們姓楊，其他人大都姓林，若有其他的姓，也都是好幾戶，形成一個聚落，因此每當被人欺侮，母親總哭著說：「孤人孤字姓，你們孩子們要爭氣啊！」

據說爺爺一生好吃懶做，奶奶又是做「碗粿」、做「肉粽」、做「米糕」的小生意，勉

六暢爺爺

強糊口，種的田又只有兩三分地的租地，收成時爺爺就拿著雨傘，牽著牛車，載著稻穀到城裡，賣了錢，花完了再回來，爺爺是村裡面有名的「六暢人」，意思是只知玩樂的人，爺爺過世很久了，還有人對我說：「你阿公是享受的人」，附帶告訴我很多故事，比如宗祠少了什麼東西，他都爭取去採購的機會，然後又是包人力車，又是住「販仔間」（當時的旅社名），花了不少旅費，然後買一點點東西回來，村子裡的人也拿他沒奈何，因爲只有他最閒，有時間出差，只有他識得路，他常到處跑，村裡面的人大都是老實人，除了到鎮上購物，難得上城裡。幾個比較有辦法的人，又都是三妻四妾，哪有閒功夫管這檔子小事，爺爺常自豪的說：「看，我們村子東西南北，我們家的前後左右，哪一個不是討小老婆，只有我最忠心，忠於老婆，忠於家族，全心全力爲別人做事。」爺爺說得一點都不臉紅，別人也只有一笑置之。

爺爺雖然好吃懶做，卻勤於爲有錢人辦事、跑腿，在日據時代，戰爭打得正緊的時候，物資十分缺乏，私宰、偷賣鴨蛋都是違法的，要被抓到派出所受苦刑，人們家裡有來路不明的豬肉、鴨蛋，一旦被查到，可有得罪受，往往被打得哭聲淒厲，聲聞數里。當時盛傳一個笑話，說有一戶有錢人家，家裡只養了不會生蛋的「土番鴨」，家中卻有很多鴨蛋，被帶到派出所修理，一急就說是自家的土番鴨生的，「土番鴨會生蛋」，一時傳遍全村。還有一個笑話就是有人去密告，某某人偷了古井，居然也被打得承認自己把古井偷走了，古井怎麼偷得走？可見當時刑罰的厲害。爺爺就是有辦法替這些被修理的人說項。據說爺爺常替有錢人辦事，反正慷有錢人之慨，出手十分大方，在「大人」面前十分吃得開，「大人」就是當時的警察，連「保正」也不得不與爺爺走得很近，「保正」就是當時的村長，權力可大呢！

爺爺雖然沒有錢，卻常出入酒樓，王三柳四，呼朋引伴，據說都是他做東別人買單，原來受他幫忙的有錢人，爺爺叫他來，他不但不敢不來，有時竟常拜託爺爺，弄一些機會，好讓他們與一些有辦法的人認識，他們常說：「我有的是錢，但是沒有人，有些時候識人比識錢重要。」那個時代，如果有選舉，村人說：「你爺爺一定當選民意代表。」

爺爺雖然是個混混，卻知道教育的重要，我不知道他受過什麼教育，但在村子裡是少數識字的人，由於識字，使他吃得開，由於識字，雖然招贅，兒子仍然姓自己的姓，因為奶奶不識字，所以在十分困難的情形下，父親仍然唸到高等科畢業，可以做警察，可以到農會當出納，說到父親能當出納，還虧他會珠算，那也是爺爺逼他去練的。聽說父親的珠算當年還在「松山」競技過，成績不錯，父親雖然因盲腸炎開刀失敗，年紀輕輕就過世，但他的珠算能力，讓村人印象深刻，直到我懂事了，還有很多人問：「你的算盤能跟你父親比嗎？」我連初級都沒有，哪能比？村人還訴說了不少父親在珠算方面神勇的事蹟，直到老一輩的人逐漸過往，才慢慢的沒人再提起。

爺爺雖然貧窮，但他混得很好，聽說當年還常回大陸去向族人吹噓，說他在台灣如何有辦法，住家如何豪華，出門有人力車、佣人，反正有錢人的情況，爺爺都不會說漏，雖然他的行頭都是向有錢的朋友借來的，路費當然也是許多朋友捐的。爺爺還留下我們家的地址，歡迎他們來玩，直到前幾年還有大陸的族人寫信來，信封上寫爺爺的後代子孫收，我回了他們一封信說：「我是公務員，混得並不好，無力回去省親」，從此就沒有人再來信。

爺爺過世時，父親還是一個窮公務員，把爺爺草草葬了，連墓碑都沒有，直到近幾年興起掃墓熱，我們竟找不到他的墳，聽說許多有錢人，也一樣找不到他們祖先的墳，爺爺過世了，連墳都找不到，卻留下許多令人尷尬的話題。

❶「六暢爺爺」為作者戲稱其祖父之意。「六暢人」在當時的農村社會中有貪圖安逸享受之意。

走過暗澹的路

常在我們家出入的阿旭哥騎著腳踏車停在路旁大喊：「阿乾，你爸爸死了！」「幹你娘，你爸爸才死了咧！」「你嘸信哦！不信我載你回去！」……

父親過世的時候，我才剛上一年級不久，大概是農曆十月份左右，雲嘉地區的農人正在忙著收割，路旁的水圳水淺淺的，清可見底，有些小魚蝦，我和幾個頑皮的同學，放學了並沒有直接回家，而是在水圳裡玩水、撈魚蝦。正玩得起勁，常在我們家出入的阿旭哥騎著腳踏車停在路旁大喊：「阿乾，你爸爸死了！」「幹你娘，你爸爸才死了咧！」「你嘸信哦！不信我載你回去！」。

阿旭車子騎得飛快，到了家門口，許多婦女正在縫麻衣、白布頭巾，父親就躺在大廳地上，弟弟妹妹還在床上玩耍，幾個大嬸婆、小嬸婆之類的婦女，正在安慰媽媽。媽媽面無表情，正在餵只有七個月大的弟弟吃母奶，弟弟已一天沒吃奶，媽媽前一天陪爸爸去嘉義開刀，第二天就回來了，怎會想到？只是小小盲腸炎，昨天早上發病，上班前父親只說肚子悶悶，八、九點就有人來告知，父親得了急性盲腸炎，需要開刀，母親趕到新港，從早上一直找到下午，就是找不到一輛車子可以到嘉義，黃昏時好不容易找到一輛破貨車，運送到嘉義時已經晚上八、九點了。母親說，醫生開刀後拿出一串小香蕉形的東西看一看，搖搖頭，又把它放了回去縫了起來。那天晚上，父親直吵著要喝水，媽媽叫他要忍耐，爲了孩子，而且還是五個孩子呢！那一晚，父親就過世了，媽媽說爸爸這一生，只有過世前告訴媽媽，他愛媽媽，以前不是罵、就是打，父親是急性子，下班回來順便補貨，因爲家裡做小生意，小雜貨舖，父親人又瘦小，載的東西又多，每到家就大聲吆喝：「人死了，不會趕快來接啊！」「我在替小孩洗澡」「那麼早洗什麼澡？」，母親忙著搬東西不再應答，父親又大罵：「惦惦（即不回應之意）就可以了啊！惦惦就沒事了嗎？」「不然要怎樣？」母親放下東西，生氣得要跟爸爸拚命，就這樣，短短九年婚姻，卻打了不少次架，村人都勸架勸到煩了：「要打就讓他們打吧，床頭打床尾和，七八年生了五個小孩，打不死人啦！」如今，父親死了，再不用打架了。媽媽說：「村子裡的人都說我沒哭，我怎麼哭，一串像肉粽，五個小孩，最大才八歲，剛進小學一年級，我怎麼哭，我只有想到怎麼養活這些小孩！」

那年頭不像現在，人死了，治喪期長達十天半月，那年頭今天死了，明天就送上山頭了。父親死了，身為長子的我，「要披麻帶孝，要捧斗，要去取水，取水時要哭」❶，我不但沒有哭，還笑了起來，帶我去取水的長輩狠狠的捏了我的大腿，痛得我眞的哭了出來，不知道悲哀，才是眞正的悲哀，我只有在剛看到父親躺在大廳上的剎那間，覺得有些悲哀，其他的什麼也不記得了，五個小孩還是吵鬧、打架，不知道父親死了是怎麼回事，現在想起來，那年頭的小孩眞的比較笨，不懂得傷心。那年頭的小孩沒有電視，不知道有樣學樣，父親躺在廳頭，我們還是吵，五個小鬼吵成一團。村人說：「怎麼辦啊！阿冊仔怎麼辦啊！這麼多小孩，而且又都那麼小。」

母親沒有哭，辦完父親的喪事就照樣做小生意，照樣收割稻子。稻子收割後就去請村東的阿強仔來量稻子。阿強仔三十出頭，是村上有錢人家，父親要去開刀，一時沒有保證金，媽媽就去找阿強仔借，此時阿強仔死都不肯來量稻子：「不行，不行，我現在去量稻子回來，村人要說我多刻薄。」

媽媽還是請人幫忙將稻子裝好袋子，量了重量給阿強仔送過去：「我還要在這個村子站起，不能不講信用！」媽媽忙著自己補貨，外婆前來幫忙，那年我們家的雜貨舖生意特別好，媽媽常告訴我們兄弟：「咱欠大潭村人太多了，你們以後有辦法，要回報村裡人，沒辦法時也要時時存感恩之心。」

媽媽拿出她的手藝——裁縫，開始幫人做衣服，每年舊曆年前，常日夜加班，身上背著最小的弟弟，踩著裁縫車，衣服一件一件客人拿去，現金一塊一塊收進，此時頂手（上頭貨主之意）前來收帳，媽媽有錢付了，因爲我們每天的開銷都從雜貨舖的現金支出，供貨的貨主舊曆年前一定來收帳，母親就這樣一年一年把我們養大。村中的女孩子，小學畢業後都不再升學，就來跟媽媽學裁縫，媽媽帶著七、八個學徒，不但有收入，也可以幫忙帶小

▲母親辛苦工作神情。

孩，那時候的社會單純，師生感情好，許多女孩子嫁得不錯，過年還回來給母親包紅包呢！

外婆就這樣幫媽媽照顧我們五個小孩，直到我南師畢業派到大林梅山間的一個小學任教，領回油鹽米時，外婆已經七十歲了，滿臉皺紋的笑著說：「辛苦過去了，現在這個烏魚仔拿回來的油可以像水一樣的用。」可惜外婆次年就得了肝癌去世，我有時也會感嘆命運作弄人，外婆一點也沒有享福過。如今母親也八十歲，看來我要把握時間，好好孝順

她，畢竟，她的苦日子太長了，太長了！

❶無論是佛教或道教的喪葬儀式，一般喪眷與葬儀社在治喪過程中皆會考量地方傳統習俗，因而一般的臨終處理不外如下：臨終→淨身→換衣→移水鋪→舉哀、報喪→遮神→辭生→孝堂；而在殮的處理上則為：乞水（即筆者所稱之取水）→接板→入殮，接下來就是出殯。取水時通常會以錢幣代替筊杯擲筊，拜請天公賜水。為亡者於入殮時淨身用。

墓土未乾淚先乾

她常告訴我們：「狗咬鐵燈火，要忍呀！」……因為，「旺仔，我不能哭，那哭我就沒勇氣養一大群小孩。」「旺仔，你的墓土未乾，我的目屎已經流乾了！」

爸爸在農曆十月左右過世，媽媽每天忙著做生意，替人做衣服，賺取小孩的養育費，我們長大後她常說：「也不知道那時候日子怎麼過的，只知道一日光一日暗，你們如果都沒代誌（身體健康之意），日子就很好過。」

母親今年八十歲了，還在大潭精忠廟邊做生意，賣一些日常用品雜貨，十幾年前就勸她可以收起來休息了。她說：「做慣適（即習慣之意）了，沒做日子不好過。」我說：「那樣太辛苦了。」媽媽說：「那會比你爸爸剛過世時辛苦，就說第一年培新墓吧（即人過逝後第一年的掃墓。過世第一年要掃新墳）！你們五個小孩，我背著最小的弟弟，左手牽著你三弟，右手提著牲禮，你牽著大弟，就這樣一行也不知是淒淒慘慘或浩浩蕩蕩的往墓仔埔前進。」媽媽好像陷入回憶之中，可是看她臉上表情並沒有什麼痛苦的樣子，她常告訴我們：「狗咬鐵燈火，要忍呀！」，我想大概這五十多年來，媽媽忍耐慣了，從不輕易流露出辛苦的感覺，她也常說：「怨嘆？怨嘆什路用？有什麼困難都要自己面對，有什麼重擔也要自己擔。」

那年代不時興掃墓，只有掃新墳的較多，備有水酒、牲禮、發糕、鹹粿、菜頭粿等，我們一路走著，後面跟著一大堆小孩，說是要去「猜墓粿」，那時我也才九歲，不知道什麼叫「猜墓粿」，墓粿怎麼猜，我們要不要出一些謎題給他們猜？猜對了給什麼東西？❶

掃墓的人少，墳間小路雜草叢生，穿梭其間十分困難，我和大弟跌了好幾跤，媽媽的手腳也都是雜草、小樹枝的刮傷痕，媽媽後來告訴我們：「你爸爸死的時候，自己都不曉得自己會死，小小盲腸炎而已，他在病床上還說要辛苦一點，要給你們唸很多書，不要像他那樣吃個小頭路（低階公務員之意）賺不到三文錢，太太還要開店幫忙家計。我一直記住這句話，所以第一年掃墓就把你們全帶了去，要讓你爸爸放心。」我們在墳間小路走著，後面跟著一大群嘻嘻哈哈的小朋友，好像要去郊遊。

到了父親墳前，只有一個小土堆什麼都沒有，不像現在的人做的墓都很豪華，媽媽說：「那年頭，吃飯都沒有了，還做什麼墓碑。」難怪，我許多小學同學後來發蹟了，回來都找不到祖墳。媽媽點上香，叫我們如何拜，如何說：「爸爸，我們會乖，我會認眞讀

書。」那時候的父母都沒什麼要求，只求子女乖，會唸書，不要做歹囝仔（壞孩子），媽媽拿著香：「旺仔，你放心，無論如何，我一定要把這幾個小孩養大。」

掃完墓了，小孩子們一擁而上，媽媽說：「別急，別急，每人都有，一個人分一塊。」原來「猜墓粿」是這麼一回事，就是有人掃新墳，會有粿、糕之類的東西，小朋友跟去看，主人就會分給每個小孩吃，我恍然大悟，可是，我從小到大還是沒有去墳場猜過墓粿。媽媽說做大哥要照顧弟弟妹妹。

後來我們都長大了，結婚了，也有子女，常帶著小孩去掃墓，同時台灣的經濟開始好起來了，這種慎終追遠的掃墓活動慢慢的時興起，每年清明節交通癱瘓，從北部開車回南部常花十幾個小時，但人們不以爲苦，目的就是要去掃祖先的墳墓。掃墓那天也是家族聚會的日子，每年由一位兄弟做東，掃完墓就到飯店開四桌，吃喝之間，媽媽有了多年少見的笑容：「艱苦有時過，你看，你們那時候就像這些瓶仔孫（曾孫）那麼大，不知死活，只知要吃，我眞不知是怎樣把你們養大！」我們仔細聽著，那是母親五十年來的血淚心聲，從未傾吐過：「大家都說我不哭，也不笑，那一大串像肉粽的小孩，我眞正沒把握養得大否？」那一年，也就是第一次全家大大小小三十來人，第一次到齊掃墓，包括在美國的孫子、孫媳、曾孫都回來了，母親的話特別多：「你甘知樣我每年都帶你們去掃墓，我就是要你爸爸看了放心，你們一直在長大，我祇是一個兩腳女人，憑著一口氣，要把你們養大，不要給人看衰。」原來村子裡一些做生意的，在父親過世時紛紛說風涼話：「這時候雞母啦、雞仔啦和雞籠子統統都要被人搬去了，不會再粥木粿拚倒仙草攤了（拚生意之意）」，媽媽說：「我就是要做給他們看，憑我雙手，不做走私（當年賣私煙、私酒很好賺）、不違法。我們住在精忠廟邊，有神在看，你們知道，要有錢，日本人戰敗回去之前，東西都存放在我那裡，準備賣了做旅費，我一樣不少，他們說寄在別人那裡的都丟了，做人怎麼可以這樣，人家都可憐兮兮了，還落井下石。」前三、四十年掃墓，媽媽都沒有眼淚，只燃著香說：「旺仔，我不能哭，那哭我就沒勇氣養一大群小孩。」直到去年掃墓，媽媽終於哭了：「旺仔，你瓶子孫是美國人，在美國出生的，沒辦法你孫仔媳都是留美博士，說回來找不到適當的職位，你過世前一直希望我讓孩子多唸書，我沒那個能力，還是讓他們都祇當小公務員，不好意思，但他們都在我身邊，我每年帶他們來看你，你記得阿敏兄，他一雙兒女都在美國，死的時候都沒回來。聽說回來一趟不容易嘛！」母親這一年對父親說的，比以往四十幾年加起都多：「旺仔，你的墓土未乾，我的目屎已經流乾了！」

母親從不輕易在我們面前哭，她給我們的形象是冷冷的，很無情的樣子，直到去年掃墓，我們兄弟姊妹才感覺到那不是無情，那是堅毅。

❶即所謂的「揖墓粿」。清明節是國人慎終追遠的重要日子，依照本省習俗，清明節掃墓要準備牲禮酒食、紅龜粿等貢品以祭奠祖先，祭掃後，長輩將粿類分給卑親屬的習俗，稱為「揖墓粿」。

一毛錢與天霸王

「天霸王！」，我大喊一聲，兩眼直直的盯著指針。但是指針剛好落在線上，賣芋仔冰的阿伯説那不算，沒中，回到家裡足足哭了一天，比挨打哭得還要慘。

一毛錢可以買什麼？不要說一毛錢，就是一塊錢也只能打電話，但是五十年前，一毛錢可以買一截長長的甘蔗，可以買一包花生米，可以買餅乾……可以買許多小孩子心中想要的東西。然而在那個年代，要向父母要一毛錢，往往比登天還難，常常吵了半天，不但挨打，還要不到。

那時候最喜歡有客人來，因爲有客人在座，家長不好意思生氣，也怕小孩子死纏活纏吵了他們說話，因此往往可以要到一毛錢，但是客人一走，包你有一頓豐盛的大餐——挨打，打的渾身是傷，打的手腳一條一條像地瓜藤的傷痕。儘管如此，我還是在客人來時，逮住機會猛要一毛錢。要到了，一溜煙跑去找「芋仔冰」攤，其實也不是什麼攤，只有一個冰筒，以腳踏車載著，冰筒上放一個鐘型的機器，投一毛錢，鐘上的指針就會跑，其中

有一格最小格的就是「天霸王」，打到「天霸王」，就像中了六合彩，小孩們群起歡呼，打的人就可以一毛錢吃一個「天霸王」的芋頭冰，我每次冒著挨打的險，就是為了打中一個「天霸王」。

可惜我運氣不佳，從沒打中過「天霸王」，可是我賭性堅強，越是不中越要打，有一次幾乎打中。

「天霸王！」，我大喊一聲，兩眼直直的盯著指針。但是指針剛好落在線上，賣芋仔冰的阿伯說那不算，沒中，回到家裡足足哭了一天，比挨打哭得還要慘。

「天霸王」在我心中越來越大，連夢中都夢見我中了「天霸王」。不行，我非吃一個「天霸王」不可，我這樣發誓。可是我的運氣不佳，雖然挨打不下數十次，卻從未中過「天霸王」。

有一次父親用自行車載我去溪口看外公，那時外公的事業已經有點走下坡了，住的房子不再是從前的大房子，不再有氣派，但還是「出步」的，那時候有屋簷的房子就叫「出步」的，和現在的騎樓功能差不多。外公住的房子還是令我很羨慕的，不像爸爸住的房子，以竹子搭成，牆壁糊泥土，再塗上石灰，屋頂是茅草的。外公看起來還是很精神的，他不理會爸爸，卻給我五毛錢，天啊！五毛錢，那多大啊，在小孩子心目中，那可是一個大數目，可以買一個「天霸王」！

由於外公不理會爸爸，他氣爸爸讓他沒有面子，他氣爸爸在溪口街上打媽媽，外公雖然不疼媽媽，卻很愛面子，他看到父親就說：「你也不看看，打聽打聽我劉某人在溪口是什麼人物！」父親又被外公趕了出來。

一路上父親都沒說話，我也不敢說話，心中只盤算著，我有五毛錢，是要買一個「天霸王」，呢？還是要試試手氣，以五次機會拼他幾個「天霸王」？

回到大潭，我又一溜煙去找賣芋仔冰的阿伯，可是我在攤前猶豫好久，如果買一個「天霸王」，我只有一個而已，如果試試機會，說不定可以中他幾個「天霸王」，可是如果都不中呢！唉呀！一想到不中，全身竟直冒冷汗，我不是天天盼著吃一個「天霸王」嗎？以前只有一毛錢，吃不成，只好試試手氣，如今就有五毛錢，五毛錢可以買一個「天霸王」，為什麼我不買？算了，還是買一個比較保險，因此我大聲說：「阿伯，給我一個天霸王！」阿伯有些不信，我趕快摸出那個五毛錢銅板。阿伯懷疑的說：「你偷的嗎？」「不是，我外公給我的！」我大聲的說。

是的，我要很大聲的說，是外公給我的，村裡其他的小孩從沒拿過五毛錢買「天霸王」，你看我有多神氣，我一面吃一面想，哪天要再叫爸爸帶我去找外公，外公是有錢人，一次可以給我一個「天霸王」。可惜，直到我後來南師畢業，開始當老師賺錢，都沒再去外公家。然而那個五毛錢、那個「天霸王」卻久久在我的心中，永遠抹不去。

「我一定要去看外公！」那時我已當老師了，可以賺錢了，我想外公給我的五毛錢，一直心中感恩，我花了一個月的薪水七百八十元買了一盒人蔘，利用一個週末的下午，騎腳踏車去溪口找外公。

找到外公時竟然不敢相信自己的眼睛，他竟住在一個竹子搭建的小工寮，還是向別人借住的，幾個舅舅都小學畢業就外出當學徒，沒再升學，外公再娶的小姨子阿媽竟在市場賣菜，天呀！這叫我如何能相信？一個建築包商，一個溪口有頭有臉的有錢人，居然淪落到這個地步？

我把人蔘送給外公，那時外公已經七十多歲了，有病的樣子，我沒有久留，匆匆回到我任教的小學，在宿舍裡足足哭了好幾個小時，真的不可思議，由豪華住宅，而一般房舍，竟至淪落借住工寮，外公，你的神勇哪裡去了？你還記得在酒樓上撒錢的豪情威風嗎？也許外公不願想了，也不願記了，但我永遠忘不了那個五毛錢的「天霸王」，那是我孩童時期最深刻的記憶。

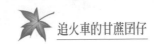

三個阿嬤

「卡歹的媳婦三頓燒，卡好的查某子路裡遙。」

我有三個阿嬤，見面時都叫阿嬤，但私下我們都以大潭阿嬤，溪口外嬤和小姨子阿嬤來辨別。

三個阿嬤中，以溪口外嬤最疼我們兄弟，每次她從溪口坐小火車到新港，再由新港走到大潭，總會帶來許多糖果。在沒有零食的年代，糖果是我們朝思暮想的東西。我們知道外嬤什麼時候要來，我們就前去迎接，走了兩公里路去接外婆，爲的是外婆帶來的糖果。

▲外祖母於民國54年仙逝。

至於小姨子阿嬤聽說是梅山人，家裡貧窮，只好當「菜店查某」幫助家計，幸運的是遇到外公替她贖身，娶回來當二房，從此外婆就不與外公講話，至死爲止。每次我看到小姨子阿嬤，看她抽著煙，嚼著檳榔，一副悠哉悠哉的樣子，從她嫁給外公後，她家的兄弟就買田的買田，買山坡地的買山坡地，從此翻身了。然而，沒有幾年，外公的生意逐漸走下坡，從豪華住宅搬到平常什宅，再搬到別人借給他們住的竹子工寮；可是，小姨子阿嬤並沒有離開外公，竟在菜市場賣菜幫忙家計，三個舅舅也都小學畢業後就出去當木工學徒。聽說小姨子阿嬤的兄弟在外公失敗後，並沒有在經濟上給這位姊妹援助，讓溪口人議論紛紛。外公去世後，三個舅舅在豐原創業有成，接小姨子阿嬤去一起住，直到八十幾歲過世，還是一口檳榔、一手香煙，從來不知道什麼叫歹命，她的一生讓我感觸良多。

內嬤一直住在大潭，由於爺爺好吃懶做，一生十分辛苦，一直做著小生意，直到爸爸當了警察以後才沒做，可是爸爸二十九歲時得了盲腸炎，民國四十年，醫藥還不太發達，居然手術失敗過世，奶奶從此整天哭泣，有時竟告訴家人，她聽到兒子在墳墓裡叫，他沒有死。原來她常獨自跑到墓仔埔去，沒多久，奶奶也因病去世了。奶奶生前和媽媽之間的婆媳關係並不好，常常罵媽媽：「一斤煮不到四兩給人家吃。」意思是媽媽會在廚房偷吃，媽媽告訴我：「你爸爸當警察，一個月才幾塊錢？後來當農會職員，一個月才幾塊錢？何況要先拿一半孝敬公婆，你知道，這樣的生活，多難呀！」於是媽媽開了一家小雜貨舖，幫忙賺點錢補貼家計，聽說奶奶常趁媽媽沒注意的時候，在錢箱裡拿錢，有時媽媽看到，還沒講話，奶奶就先生氣了：「我拿一點零花不行嗎？不行嗎？」奶奶快過世之前，叫最小的姑丈買柿子來給她吃，姑丈居然反過來向她要錢去買，這時候奶奶終於說出了一個秘密：「跟我拿錢？好，我說，阿冊，妳向他討錢回來，我有幾百元在他那裡。」

原來奶奶偷偷拿的錢，都寄放在小姑丈那裡，如果不說，奶奶過世就船過水無痕了。當時的幾百元，可不是小數目呢！

看到很多人描寫奶奶，都是如何慈祥，如何疼愛孫子，可是，我一點也沒有這個印象，印象最深的是奶奶有東西都自己吃，我們也都習以爲常，她吃她的，我們玩我們的，只有一次，她坐在村中的廟門前長板凳上吃龍眼，二弟站在旁邊抬頭看著她，那時二弟大概只有三、四歲，奶奶就罵：「不能吃嗎？不能吃嗎？你們天天吃，看什麼看，一顆也不給你。」媽媽更告訴我：「你知道嗎？我和你四姑同時生小孩，奶奶居然跑去四姑家幫忙！」可是奶奶病重時，媽媽又是叫醫生，又是湯又是藥的，侍奉得無微不至，一點也不像婆媳關係不好，奶奶死前留下一句話：「卡歹的媳婦三頓燒，卡好的查某子路裡遙。」原來，她終於體會，媳婦就在身邊，照顧方便，女兒雖然好，卻遠在天邊。

奶奶過世以後，我們家就只有孤兒寡母了，一個女人要帶五個小孩，「親像肉粽串」，村人看到都搖頭，有人建議媽媽幾個小孩送人，最小的弟弟才七個月大，最應該送人，二弟五歲，三弟三歲也應該送人，都那麼小，只留老大我和妹妹，一個八歲，一個七歲，就讓媽媽夠吃力了，村人七嘴八舌，可是媽媽捨不得，在這種情況下，外婆就前來幫忙了，而且一幫就是一生。

說到外婆，那才眞是疼我們，可是她十分重男輕女，妹妹要做什麼都不可以，而我們兄弟，什麼都行，又是吵又是鬧，吵翻天了，外婆也只有搖搖頭說：「這些烏魚仔！」烏魚仔指的就是男孩子。外婆寵我們寵到簡直是溺愛的地步，記得我讀南師三年級，都已是大人了，有一次寫信不小心寫了一句：「最近時常頭痛！」外婆就逼母親冒雨到台南看我，南師畢業後分發在梅山腳下一個小學任教，距離家裡有二十公里之遙，每個星期六，外婆就逼媽媽騎腳踏車去看我，來回四十公里，現在想想，眞是不忍。其實我也可以每星期回家，只爲了心中有一個願望，我要讀書，我要再升學，竟讓外婆耽心，讓媽媽大老遠，每星期去看我，直到服務的第二年，外婆因肝硬化去世，我傷心得幾乎有一個學期讀不下書。那時我常想，唸什麼書？要不是爲了唸書，我可以每星期回去看奶奶呀！她那麼疼我，而我竟很少陪她，在她過世之前，應該可以多陪陪她。

三個阿嬤，雖然留給我不同的印象，然而那段過往的歲月，卻時時在我心頭浮起。

水生仔伯

每次村裡有人吵架，他就會說：「沒什代誌，沒什代誌，坐坐，吃一碗涼的。」如果粉圓冰吃完火氣還未退，水生伯就會說：「轉去轉去，明天再來吃粉圓冰，我請客。」

水生伯是我們家的大恩人，很多事情都找他幫忙，父親過世前如此，父親過世後也一樣。他黝黑的皮膚，憨憨的笑容，即使他過世幾十年了，還深深印在我的腦海裡。水生伯的太太阿好仔也是十分熱心的人，每有要事需要幫忙，她都會催水生伯：「卡緊咧，慢吞吞，閣慢就麥赴囉！（台語，再慢就來不及了之意。）」

記得媽媽常說：「恁那大漢結婚，水生伯一定要坐大位。」原來媽媽跟著當警察爸爸住在嘉義東門市場附近的警察宿舍，需要的東西，菜啊，米啊，地瓜啊都由水生伯送去，那時候交通不便，連腳踏車都買不起，他就挑著兩籮筐的重物，走路送到嘉義，來回往往要花上半天一天的時間，也不留下來吃一口飯，只喝了水就走。

媽媽懷我的時候，回大潭待產，臨盆時奶奶叫水生伯去新港叫產婆，水生伯跑得飛快，一下子又回來了，問：「產婆說要叫人力車才肯來」，奶奶說：「眞條直（老實之意），也不會叫給她坐。」「我那栽（我那知道），人力車很貴。」又匆匆跑到新港叫產婆，跑得氣喘吁吁，汗流浹背，每次媽媽告訴我們：「人條直，好央甲（人老實，好委辦事情）。」這就是水生伯憨厚的一面。有一次我在廟裡追逐，跌斷了左手，也是水生伯抱著我，跑到民雄給當時的名國術師何甘棠治療，他說：「恁爸爸要上班，弟弟妹妹要恁母啊照顧，實在沒辦法！」就這樣從初診到治好，足足有一兩個月，要換藥也是水生伯帶去，眞虧他一點都不會計較，人憨憨哪會計較？

政府實施公地放領時，我們也放領一塊四分多的地，但是遠在中洋子段，要過竹子腳（村子名），還要過一條小溪，人們稱大溝，沒有橋，只有綁兩三根竹子當便橋，有一次做水災，水生伯替我們去巡田，看看地瓜有沒有泡水爛了，水生伯回來時說：「水淹過竹橋，差一點就沒命。」原來他冒險通過，差點被水流走，他說：「人交代的事，無論如何也要辦成。」竟然忠心到差點丟掉性命。

父親過世後，許多事情更要麻煩水生伯了，如果慢一點，水生伯的太太阿好就大聲罵他：「死人呵！也不會趕快，卡趕緊咧！」有一次，大概是小學五年級吧，我和同學參加遊藝會表演，在後台等表演時，一群人嘻鬧著，我手中拿著刀片，不小心劃傷了一位同學，學校派人來通知，竟然變成我殺人了，不得了，小小年紀竟然殺人，水生伯在阿好的催促責罵下，匆匆趕到學校，教導主任很生氣：「小漢那不教，大漢就害了（小的時候不好好教育，長大就完了之意）！」「歹勢啦！他就沒有父親，媽媽又忙於工作，以後我會叫她媽媽多注意小孩子！」原來只有皮肉傷，擦擦紅藥水就好了，但那位同學是有錢人家，學校得罪不起，還帶著我們親自去道歉。那位同學的父親說：「算了，算了，轉去啦！草地人，整身軀垃垃圾圾（髒），我們這裡不歡迎。」水生伯傻笑著，一臉憨厚陪不是，然後帶我回家，一路上只說了一句話：「窮人家的小孩，愛卡認份咧！（要認命之意）」。

水生伯在村子的南邊有一塊地，叫潭埔，原來是墳墓地遷葬後由他耕種，放領沒人要，他就傻傻的種，每次耕種會挖到許多人骨頭，他就把它集中一起拜拜，然後送到萬善公一起奉祀，萬善公大概都存放一些年代久遠，無人認領的骨骸，水生伯常說：「那有要緊，那是人家的子孫不知來認，我幫他們送到萬善公祭祀，多少也有一點香火，他們不會怪我。」就這樣，那塊沒有人要的墳地他種了一輩子。直到他年老生病了，不能種了，子孫要賣那塊地給他治病，他都不肯賣，他說：「種久了有感情，要賣，我死了你們再去賣。」直到現在，他的後代子孫還在耕種，也許他們也捨不得賣吧！

水生伯人雖憨憨的，卻也是調解糾紛的高手，每次村裡有人吵架，他就會說：「沒什代誌，沒什代誌，坐坐，吃一碗涼的。」水生伯除了耕種外，也在廟口賣粉圓冰，有人吵架，他就免費奉送兩人各一碗，吵得心頭火起，吃一碗涼的，多少也會降一些火氣，如果粉圓冰吃完火氣還未退，水生伯就會說：「轉去轉去，明天再來吃粉圓冰，我請客。」就這樣，許多糾紛都化解於無形。

說到賣粉圓冰，一碗雖然只賣一角錢，我們卻買不起，不過，我們吃水生伯的粉圓冰卻是村人中吃最多的，因爲每次賣剩的，全部送給我們，五個小蘿蔔頭圍下來，每人一碗一碗的吃，直到吃完爲止，水生伯常說：「冊啊（媽媽的名字）這些囝仔眞可憐，一串像肉粽，哪賺有夠給他們吃！」那時候我們也不知道什麼叫貧窮，什麼叫悲哀，每天憨憨地大，可惜我們五個小孩長大結婚時，水生伯，阿好伯母已經都不在了，不能請他們坐大位，是我一生最大的遺憾。

狗咬鐵燈火

妹妹十分「骨力」（勤勞），……常拜託村人回來叫母親去挑：「冊啊！恁查某囝仔真能幹，撿地瓜撿到挑不動，趕快去挑吧！」

▲妹妹碧霞，小學畢業後即開始工作幫我爭取讀書機會。

父親過世第二年，奶奶就過世了，兩年辦兩次喪事，那個年代又沒有什麼社會救濟，母親的辛苦可想而知。辦完奶奶的喪事，母親帶著我們五個小孩到溪口投靠外婆，本來想早晚有個照應，沒想到可能水土不服，小孩一個個生病，生病了在溪口看遍醫生，就是看不好，只好帶到新港看菜市場口的陳宗光醫師，那時陳宗光醫師在新港可是有名的醫師，店名叫明仁堂，醫師一有名、看的人就多，往往從大清早等到晚上才看到。

有些夫妻帶小孩去看病，常常爲了不耐久等而吵架：「等什麼等，都等了一天了還沒看到，我就不信別的醫生看不好！」先生猛發脾氣，太太也火了：「別的地方也不是沒看過，嘉義、北港也跑了好幾趟，有什麼辦法！」太太大聲了，先生更火：「給他死算了，不要看了！」先生抱著小孩往外衝，此時母親也正在候診室耐心等候，母親沒有先生幫忙，但也不必應付脾氣暴躁的先生，有得有失，世間事很難算得清楚，後來母親常告訴我們：「那時候雖然辛苦，但一切我自己做主，有時反而不必顧慮太多！」

在溪口住了幾個月，實在不行了，又搬回大潭，外婆也搬來跟我們同住，幫忙照料小孩，溪口的家就留給二姨媽去住，二姨丈本來在海南島經商，有次賺了錢回來在海上碰到搶劫，全身被剝得只剩內衣褲，什麼都沒有了，外婆只好把房子讓給二姨媽他們住，一家十幾口，生活也十分困難，眞難爲了外婆，要照顧大潭的母親，又想念溪口的二姨媽，所以那個年代，外婆常溪口、新港兩地跑。然而，由於媽是二腳查某，二姨媽至少還有先生幫忙，因此她住大潭的時間多些。

日子在辛苦中過著，母親說：「也不知道什麼叫辛苦，每天忙得沒時間想那些，只是到了你妹妹五年級時才眞讓我傷腦筋！」原來五年級就決定要不要升學了，要升學的分一班，不升學的分一班，俗稱放牛班，妹妹若要升學，就要進升學班，就要繳補習費，那時我才六年級，正在繳補習費，兩個人一起念，絕不是媽媽能夠負擔的，但媽媽說：「每一個孩子都是心肝寶貝，再苦我也要讓他們唸書！」

只是重男輕女的外婆一聽妹妹要升學就說：「查某囝仔讀什麼冊！」不但不允而且不給妹妹帶便當，每天中午就叫妹妹回來，下午去田間拾稻穗、撿地瓜。「拾稻穗」就是農人割稻子總會掉落一些在田裡，一串一串撿起來，每天撿一個下午，大約可以檢一大把，外婆說：「撿稻子回來餵雞，雞大了可以賣，給你阿兄作註冊費！」原來外婆打的主意是妹妹幫忙哥哥付升學費用，以後我在外唸書、做事，身邊總放著一本拾穗，看到那幅拾穗少女的畫，我就想起妹妹在田間一串一串的撿拾稻穗的畫面。

由於妹妹十分「骨力」（勤勞），她去「撿地瓜」總會幫主人拔蕃薯藤、處理一些雜務，田裡主人往往送她兩大籮筐的地瓜，她挑不動，常拜託村人回來叫母親去挑：「冊啊！恁查某囝仔眞能幹，撿地瓜撿到挑不動，趕快去挑吧！」母親立刻放下手邊的工作去挑地瓜回來，一路上母親就會告訴妹妹：「妳愛認命，恁阿嬤就是重視男生。」妹妹說：「沒關係，我們村裡的女生也只有阿梅有升學，她們是有錢人！」妹妹抬頭看挑彎了腰的母親，接著說：「我要學作裁縫，幫媽媽賺錢，供哥哥弟弟唸書！」眞的，妹妹小學畢業後，先到醫院當藥局生，每月賺幾文錢貼補家用，有一次我去醫院看她，她正提著一桶水在擦樓梯地板，那桶水看來比妹妹還重。妹妹一看到我，高興的把手一放，整桶水滾下樓梯，到處都是水，先生娘「醫生太太」很生氣：「以後不要來看你妹妹，否則她就沒頭路！」我伸伸舌頭跑出醫院。我聽母親說，妹妹在那家醫院被「荼毒」（虐待）得很厲害，但沒有辦法，爲了幾文錢，只好忍耐，「妳讀初中的註冊費，有一半是妹妹的辛苦錢！」

初中畢業，我去投考嘉師，複試沒上，考嘉中又落到新港分部，心情十分鬱卒，妹妹告訴我：「沒關係，我回去跟媽媽學洋裁，做衣服賺錢卡多，我幫你付註冊費，你要好好唸！」那年，我羞於見村人，一大早就出門到學校，很晚才回家，一面讀高一的課程，一面準備再考，終於第二年夏天，我以不錯的成績考上南師，妹妹也在一年中學成手藝，跟我到台南工作。我唸書有公費，但還是要零用金，每次缺錢就到海安路妹妹工作的地方向她拿錢，三百、五百不等，妹妹自己很節省，除了供我零用之外，大部分錢都寄回家，畢竟下面還有三個弟弟要唸書升學呢！

妹妹就這樣任勞任怨的工作著，替媽媽分擔了大部分家庭重擔，我之所以有一份不錯的教師工作，除了媽媽「狗咬鐵燈火」般的堅毅栽培外，妹妹在田裡拾穗、到醫院做下女遭虐待、在台南海安路的裁縫店日夜工作，這些都是我的畢業證書上的斑斑血漬，這些都是我的教師證書上的深深印記啊！

梅雨季節舊棉被

「梅雨季節，家裡濕答答的，牆壁發霉，升火用的稻草、蔗葉、黃麻骨也都潮了，點火多難呀！每一家的大灶都又深又大，火點不著，就伸頭去吹，吹了半天還是不著，再伸進去一點，用力一吹，這下著了，『轟』的一聲……」

清明過後，雨就漸漸多了起來，母親坐在她專屬的籐椅上，望著時下時停的雨說：「本來還怕今年會乾旱呢！乾旱那可不得了！你們小的時候就曾經乾旱過，田裡的農作物都死光光，村裡人眞可憐啊！在我們的小雜貨舖欠債的村人一大堆。」母親訴說著，她的一生太忙了，忙得沒時間說，最近幾年兄弟姊妹一回來，母親的話就特別多：「妳們知道嗎？乾旱大家怕，雨下個不停大家也怕，八七水災那年，埤仔頭就水淹屋頂，有一位警員爲了救人還被洪水沖走淹死，只要雨下多了，田裡的地瓜爛了，稻子來不及收割就發芽，農人眞苦啊！要看天吃飯。」母親訴說著好像與她無關的事，好像都是村中人的事，她的語氣除了有些嘆息外，調子十分平靜，但我知道那些都與她有關，村人的困苦、不幸，母親何能例外？

「妳們知道嗎？春天後母面（天氣多變），一下子熱，一下子冷，妳們小的時候，每天找醫生報到，早上小弟去看回來，下午換三弟，晚上換二弟，那時候新港菜市場口的宗光（陳宗光醫師），幾乎三天兩頭的要爲妳們看病，村人都說冊啊（母親的名字）眞可憐，怎麼熬得過去！」母親好像陷入長長的……十分遙遠的，卻有時如同在眼前的回憶中：「妳們漸漸長大，全家只有一條被子，擠在一個大通鋪，妳外婆就從溪口大老遠的扛來一條舊棉被，不然啊！左邊的人拉一下被子，右邊的人就沒蓋到，受了風寒就感冒，妳們一感冒，我就整晚沒得睡，一下子摸摸這個的額頭，看看有沒有發燒，一下子又摸摸那個的額頭，看看有沒有發燒！」母親說得眞實在，我結婚後自己有了小孩，還不是這樣，只要孩子生病，常常整夜不睡替小孩量溫度。

「冬天很冷，木板床又冷又硬，我就和妳外婆找來稻草鋪在草蓆下面，這樣子不但暖和多了，而且也軟軟的，不會太硬，可是到了雨季，尤其是梅雨季節，稻草就會產生霉味，要趕快換掉，一有太陽出來，就要趕快曬棉被，曬破棉襖，俗語說：『不吃端午粽，破襖不能放』，曬一曬，等天氣冷了還要穿！」母親是苦過來的人，對現在的人衣服沒穿破，沒補破洞，甚至還新新的就丟掉頗不以爲然：「我替人做衣服，一塊小碎布也捨不得丟，常常一塊接一塊縫成一件衣服，太小的，實在接不起來就放在一起縫成襖子的內層增加溫暖，有時甚至縫成毯子，不冷不熱的時候給妳們蓋！」難怪小時候我穿的衣服常常五顏六色，同學都羨慕得很，如果是現在的小孩，可能還會說眞酷呢！

「梅雨季節人人怕，牆壁都發霉了，以前的房子都是竹子編成的牆壁，塗上泥巴，再漆上石灰，雨下久了，壁上大大小小的地圖，東一塊西一塊，十分不好看，但誰也不會笑誰，大家都一樣，屋頂舊一點的還會漏雨，大盆小盆，大鍋子小鍋子、鉛筒、破碗都派上用場，用來接水。」難怪我的小學同學阿雄到台北唸書時，交了一個有錢的女朋友，他告訴女友：「我們家屋外下大雨，屋內下小雨。」他的女朋友愛死他了，常叫他帶她回來看看，尤其是下雨的時候，他的女朋友說：「我完全沒辦法體會，這樣的房子怎麼住！」阿雄的父母在南來北往的大馬路邊賣涼水、甘蔗、糖果、檳榔之類的小攤販，他告訴他的女朋友：「我家開的是南北行，生意可好呢！每天交易有幾百筆生意！」女朋友眞的來了，看到這種情況，據說還笑彎了腰，而現在他們也已兒孫滿堂了。

媽媽話開始多了，她一生的經驗，恨不得一股腦兒的告訴我們：「梅雨季節，家裡濕答答的，牆壁發霉，升火用的稻草、蔗葉、黃麻骨也都潮了，點火多難呀，每一家的大灶都又深又大，火點不著，就伸頭去吹，吹了半天還是不著，再伸進去一點，用力一吹，這下著了，『轟』的一聲，大火直冒了出來，躲得慢一點，還被燒了一大半的頭髮、眉毛，還燻黑了臉。你外婆就常被火燒到頭髮，額頭上也被燙傷了一個疤，她的雙手又乾癟又有厚繭，有些是火燒到的，有些是捲草捲久而形成的，外婆每天坐在門口捲草捲（台語叫草茵），一半用稻草，一半用蔗葉，蔗葉燒的快，折成三折，中間以稻草綑好，每次放一捲到大灶內燒，可以燒開水，可以煮地瓜飯，更可以煮豬食，那年頭每家都會養兩頭豬，幾隻雞鴨。這些家畜是農人的命根，急需用錢時可以變現，因此家畜病了，人也就病了，爲什麼？耽心啊！憂愁啊！但有時耽心也沒用，病就是病了，眼看快翹了，也顧不得衛生不衛生，就把雞鴨殺了，吃了，那年頭吃肉不容易，病了還是要吃，至於豬，可比較麻煩，還要請人殺，殺了大家分，被抓到還要以私宰論處。說也奇怪，梅雨季節，人較易生病，連家畜也不例外，常常打瞌睡，一打瞌睡就只好殺了！」母親抬起頭來，看看我們，又看看外面的雨，雨下個不停，看來母親又要說個不停了。但我喜歡……

難忘粽香情

外婆的粽子是閩南人的粽子，俗稱福佬粽，也叫南部粽。以糯米泡水，包花生，外套竹葉片，放在水裡蒸，吃起來和客家粽味道不同，沒那麼香，但還是很好吃。

父親過世的第一年內，按傳統習俗，不可以蒸年糕，不可以綁粽子。那一年的農曆新年，我們家過年過得十分暗淡，鄰居也不敢放鞭炮，畢竟父親才過世兩個多月。

而本來做糕、餅之類生意的奶奶，從父親過世後，身體也迅速衰弱多病，再也不能做什麼粿啊，肉粽之類的東西。本來她做的粿、粽子，遠近馳名，口碑甚好，材料不必很多、很好，但口味特佳，生意不惡，如果以現代的行銷手法稍加廣告，保證也可以成爲地方名點心，例如蔴豆碗粿，但那時候，賣給村中的人享用，便宜又大碗，常常忙不過來，我們自己根本吃不到，連剩貨都沒有得吃，因爲每天都賣光光，一點不剩。

端午節時，奶奶最忙，很多村人吩咐訂貨，她做粽子的方法和一般雲嘉地區的粽子不同，有些材料先爆香、米炒過，包成粽子後不用水煮，而是用蒸籠蒸，這種粽子特別香。我很想吃，但奶奶就是不給，有一次我偷了一個藏起來，奶奶竟能發現少一個，原來她做好了都數了數目，那一次我被罵得很慘：「歪嘴雞也要吃好米，也不想想自己是什麼命！」當場被搶了回去。奶奶過世後，村裡就沒有人包這種粽子，直到十幾年後，我在三義客家庄才吃到這種粽子，原來那是客家粽，也叫北部粽。

父親過世的第二年端午節，還未對年，仍然不可以包粽子，但可以由外家或親戚送來，那一年端午，外婆特別由溪口，帶了一大包粽子，坐小火車到新港，再走二公里路到大潭，爲我們帶來渴望多年的粽子，外婆知道我們從出生到父親過世，都沒有吃過粽子，每年端午節的粽子都是要賣的，哪有我們吃的份？

外婆的粽子是閩南人的粽子，俗稱福佬粽，也叫南部粽。以糯米泡水，包花生，外套竹葉片，放在水裡蒸，吃起來和客家粽味道不同，沒那麼香，但還是很好吃，在那個年代，平常都沒米吃，更不用說昂貴的糯米了，那一年我吃了好幾個粽子，外婆說：「不要吃太快，吃太多，不好消化，會脹壞，以後我會常做給你們吃！」父親過世後，奶奶十分痛苦，又體弱多病，過完年不久奶奶也過世了，距父親過世不到半年，那一年的端午，村人買不到奶奶包的客家粽，且從此以後再也吃不到了，村人常對我們說：「你阿嬤的肉粽做料有夠讚！」他們哪裡知道，我們從沒吃過？反倒是外婆的福佬粽，從那一年之後，我們常常吃，因爲奶奶怕媽媽一個人要照顧那麼多小孩，忙不過來。奶奶從那一年端午起，就住在我們家，幫忙料理小孩、家務，讓媽媽能夠專心賺錢，外婆常說：「這麼多頭嘴，冊啊！要安怎，要安怎（要怎麼辦！）」就這樣唸了幾十年，終於把我們唸大了。

五十三年七月我南師畢業，九月分發在梅山山腳下一個小學教書，第一次領了三個月的薪水，剛好買了一輛腳踏車、一架電風扇和一個電晶體收音機，只剩三百元左右，祇夠一個月的伙食費。再過一個舊曆年，遇到第一個端午節，心想：外婆的粽子都祇包花生米和蘿蔔絲，如果能買個包肉的回去，外婆不知道會有多高興，當外婆吃了一個粽子後就說：「這麼大塊的豬肉，有夠浪費！」但是還是很高興，摸摸我的頭說：「阿冊仔快要好命囉，這個歹命雞，唉！」外婆很欣慰的樣子，也好像跑完長途賽跑的選手，到了終點，突然崩解一般，看她好累的樣子，端午節後醫生檢查出外婆肝硬化，已到了肝癌末期了，俗話說：「生命卡贏生健（命好比身體健康重要）」，難道是眞的，不到三個月，外婆就過世了，媽媽常常說：「你阿嬤都沒有享過福！」

以後的端午節，我常叫媽媽綁粽子，祇包花生和蘿蔔絲，我要永遠永遠懷念「阿嬤的滋味」。直到弟弟妹妹也從學校畢業，有了固定的工作收入，才爲減輕媽媽的負擔，不再包粽子。

兄弟姊妹帶回來的粽子，隨著台灣社會的進步而有所不同。最先是肉多了，再來就是包的內容也有所變化。有包蛋黃的，也有加栗子、加香菇、甚至加鮑魚的，從奢侈的情況來看，台灣社會已經脫離貧困的年代了。

直到去年端午，小弟從公司帶回一個巨大的荷葉粽，裡面東西眞是五花八門，嘆爲觀止，小弟告訴媽媽：「這是我們公司採購來送客戶的，不早訂還訂不到，口碑很好，味道十分道地。」小弟趕快切一塊給媽媽，媽媽嚐了一口：「眞的不錯，你外婆如果還在，不曉得會多高興（不可能還在吧？還在就是一百零八歲的人瑞了），她不是高興有好粽子吃，而是高興冊啊！你們的媽媽不用再辛苦了。」

每年端午，我都會想起那種水煮的，只包花生、蘿蔔絲的粽子，想起外婆的愛就包在每個粽子裡，陪我們渡過那段辛苦、暗淡的歲月。

以後在電視上看到忘了准考證的考生，我都心存同情，因為我自己忘了照片，並非粗心大意，大條不甩，我真的忘得莫名其妙。

最深刻的註冊

考上縣城的省中雖然高興，但隨之而來的煩惱卻一大堆，最主要的還是錢的問題，沒有錢，什麼事都免談。就說註冊費吧，雖然只要三百多元，如果沒有錢的人就是拿不出來，因此註冊前先想辦法籌錢，第一，就是先把雞鴨賣了，籌出一百多元，再來就是向上一屆的學長借用舊書，這樣也可以減少五十幾元，剩下一百多元，就十分傷腦筋了。沒有辦法，只好向鄰居借，總算湊足了註冊費。

接著就是買月票，那時新港到嘉義的小火車是台糖經營的，分普通車和快車。快車當然坐不起，只能坐普通車，每個月十六元八角，雖然錢數不多，但還是一筆沉重的負擔。四姑丈種有一甲多的蔗田，只好麻煩他去申請蔗農免費學生月票，每次三個月，就這樣解決了月票問題。

接著就是服裝問題，到城裡唸初中，必須穿制服，母親自己會做洋裁，衣服尚不成問題，最頭大的是球鞋和襪子。每天從嘉義火車站走到山子頂，來回兩次，球鞋即使是雙膠底，也穿不到一兩個月，襪子也一樣，只好到「賊仔市」買阿兵哥的黑球鞋、黑棉襪，雖然笨重難看，也奇熱無比，但耐穿耐磨，就這樣，阿兵哥鞋陪我度過初中三年的時光。

第一次註冊是媽媽陪我去的，從前的註冊方法十分落伍，分好幾個窗口，俗稱第一關，第二關……有檢查服裝儀容、驗票、繳錢、收照片……麻煩無比，我們按關口排著隊辦手續，排到繳照片，「糟了，我把照片放在家裡，忘了帶來！」那時註冊限制十分嚴格，沒有按時註冊就不准入學，以自動退學論。「你這孩子，不要亂跑，我回去拿！」母親匆匆忙忙趕到東門市場坐嘉義客運回大潭，然後再回來，已經下午二點多了，看著母親滿頭大汗，我內心真有說不出的感觸。「明明昨天都收好的東西，為什麼會忘了帶？」我再三回想，原來，收拾東西的時候，我太興奮，也太緊張，再三檢查，還把照片拿出來數了好幾次，終於忘了帶來，但至今還是想不起，為什麼一再檢查，卻忘了放進書包。因此以後在電視上看到忘了准考證的考生，我都心存同情，因為我自己忘了照片，並非粗心大意，大條不甩，我真的忘得莫名其妙。

註完冊已接近下午四點了，我們正準備回家，有一個家長也帶著孩子剛註完冊，他向孩子說：「走，我們去向阿姨打招呼，將來你們也可以做好朋友！」媽媽看到那人帶著孩子走過來，拉著我就走，直奔東門市場汽車站牌擬搭車回家，當時我還小，也沒察覺什麼不一樣。直到我後來當老師時，聽學校的老師談起：「大山國小的教導主任車禍死了！」原來他白天教書，晚上做王鹿仔[1]賣藥，有一個晚上收攤回家的路上碰到車禍死了，由於是教育界的事，又是附近的學校，老師們議論紛紛。我回大潭時也向母親提到此事，母親說：「你還記得我帶你去嘉義註冊時，有一個人帶著孩子過來向我們打招呼，我不理他，拉著你就走嗎？」

原來那個人就是那位老師，答應母親要招贅訂婚，因被同事譏笑而退婚的那個李老師！母親心中有怨、有恨，所以看到他裝做沒看見，也不願意跟他打招呼。沒想到他竟應了外婆的咒罵，成了「路旁屍」。天底下的事，眞是奇啊！巧合的事竟如此之多。

由於註完冊了，心情比較輕鬆，母子倆慢慢的走到東門市場搭嘉義客運回家。路經東門噴水池，母親說以前父親住東門派出所當警察，就住在附近的警察宿舍，你的孩提時光，有好幾年是在這裡度過的，你阿公也跟我們住在宿舍，阿嬤還是在大潭賣碗粿，做小生意，你阿公那時身體就不太好了，他就是在警察宿舍過世的，但民間習俗，還是要回大潭辦喪事。辦完喪事不久，就發生了二二八事變。

我們在東門市場等車，可是那時剛好是下班時間，每班車都客滿，只好再走到總站搭車，這樣比較保險。路過中央噴水池，母親告訴我二二八事變，嘉義戰況激烈，中央噴水池就是公佈死亡名單的地方，那時很多家長在噴水池前痛哭，名單大都是學生。那些學生沒有訓練，把政府軍逼進紅毛埤（即現在蘭潭），他們還以爲自己贏了，唱著日本軍歌攻了進去，反而被圍在裡面，死了不少學生，許多人僥倖逃出來，後來也難逃被追捕的命運，母親說事件發生時，她趕忙帶著我和妹妹坐火車回大潭，就在車上，看到一名慌慌張張的青年學生，口袋裡面還有手榴彈……。我那時才初一學生，有聽沒有懂，不過，老一輩的口述歷史，應可以還原歷史眞相，我應該多向上了年紀的人詢問、打聽。

那天，我們搭汽車回到大潭已是晚上七、八點了，外婆正在忙著替弟弟們洗澡，那次註冊的印象，卻是我所有註冊裡印象最深刻的一次。

❶早期台灣社會中巡迴城鄉在街頭販賣膏藥者，通常稱之為「王鹿仔仙」。

媽祖保祐

阿興每年都回來抬轎，每年來看我時都會說：「今年生意不錯，明年要開……」北港人傳說，鞭炮放得越多，錢賺得越多，我心裡想……

舊曆年後到北港、新港兩地媽祖廟進香的遊客慢慢多了起來，尤其以元宵節北港花燈開始，每逢星期例假日，常常塞車，在白沙屯、大甲等地的大進香團來到時算是到達高潮。最近幾年，電視全程轉播大甲進香團從出發，到沿途所經的各地，信衆的熱情、虔誠，一一展現在畫面上，母親每次坐在電

▲北港朝天宮現況。

視機前看轉播，總會勾起她無限的回憶。

母親說早年交通不發達，北部南下進香的信衆，總是徒步南下，帶著簡單的乾糧和飲水，三三兩兩或成群結隊，有人甚至背著襁褓中的嬰兒南下進香，途中小孩窒息死亡，父母將小孩放在林投樹下，繼續南下，回程時竟發現小孩還活著，人們互相轉述這種神跡，且深信不疑。大甲甚至有一年大隊人馬南下進香因而避過大地震的天災，因此年年南下，遂成習俗。母親甚至告訴我，爲了讓我們平安長大，她年年帶我們去穿轎底，她說：「我祇忙著工作賺錢，替你們找糧食，至於其他的都交給神！」這大概也是一般老百姓祈求內心平靜、信心的生存方法吧！

「你記得嗎？小時候你們要去看花燈，我們都坐鐵牛車去！」我哪會忘記！只是讓記憶由母親口述罷了！她說，到北港雖然只有十公里，但那時我們還小，走路不易到達，就坐鐵牛車去。鐵牛車原是耕耘機載農作物用的，速度雖不快，但總比走路好，村中人想去看花燈的，都是坐鐵牛車去，每一村都如此，於是北港、新港之間，看到的儘是鐵牛車來來回回，直到近幾年，人們有錢了，小轎車多了起來，人們才坐小汽車去看花燈，但是車子一多，停車就不容易了，廟附近有賣金香燭的就佔地爲王，強迫停車買金紙，一般金紙一份五十的話，加上停車總會索價一百。母親說：「有一次一位親戚前來參拜順便看花燈，由於自己帶了金紙，所以沒有買，拜完出來，竟然發現大燈被敲破了！損失了好幾千元。」

母親這一說，讓我想起了一件事，那件事報紙還寫得滿大的。有一年，縣長到北港巡視、參拜，賣金香燭的小販不知是縣長，拉著他不放，非買不可，直到旁邊的人告訴他那位是縣長，他才鬆手。「是啊！小販給人的印象不佳。」我說。但是母親接著說：「那也沒辦法，爲了養家活口，只得如此。」母親總是抱著比較寬容的態度，「我自己是從辛苦中過來的人，我十分清楚窮人的心情。」

說到窮人，我想起了一位小學同學阿興，他小時候比我們還窮，父親也早逝，母親又無一技之長，只好改嫁，有一次阿興的母親回來大灣看母親，一面流淚一面說：「我沒辦法呀！要靠別人生活，阿興跟我嫁過去，吃飯泡醬油還被後父搶起來，常常被打得像牛叫，狗聲乞丐喉，哭得很慘，我也不敢說什麼！」母親安慰她：「要忍啊！忍到孩子大了就好了！」後來阿興長大了，小學畢業就去當學徒，服完兵役回來自己開小店當老闆，有一年他回來找我：「我從今年起每年媽祖生日我都要回來當轎夫，乞求媽祖保祐我事業順利！」就這樣，阿興每年都回來抬轎，每年來看我時都會說：「今年生意不錯，明年要開分店了！」目前他有好幾家公司，去年他就開賓士五百來看我呢！他說：「我今年除了抬轎外，我要放好幾萬元的鞭炮！」北港人傳說，炮放得越多，錢賺得越多，我心裡想，他

們有一個信仰，支持他們打拚下去也不錯。

北港和新港兩地都信奉媽祖，主事者常常互批、鬧意見，但信眾還是兩地參拜，我有一些朋友前來新港參拜吃鴨肉羹，也到北港參拜看花燈、藝閣，他們才懶得理會那些爭端。常常有文友，甚至外國的友人前來看花燈、藝閣，來最多的一次是柏楊、張香華、林文義、陳煌、韓正浩、陳朝寶和兩個法國朋友。那兩個法國友人對藝閣最感興趣，一面看還一面記筆記。洛夫有一年和他的夫人還專程南下，那一夜我們看完入廟的儀式後回到楊子澗家，一直聊到天亮，第二天洛夫坐早班車回台北，我們直接到學校上課，這也算媽祖生日爲我們和文友帶來的一段因緣，二十年了，印象至今深刻難忘。

有些朋友除了來看花燈、藝閣和入廟的儀式

外，他們最感興趣的事是大甲媽祖回鑾時凌晨的祭拜儀式，好幾萬人，同時跪下，一點聲音也沒有，許多朋友都說對那種氣氛十分感動，現在是自由民主的社會了，誰也不怕誰，有什麼力量可以讓數萬人同時無聲跪下？那些朋友回去後常會來信盛讚場面感人，有機會要再來看，他們更希望北港和新港兩地人士能共同開闢宗教觀光區，辦一個十分盛大的媽祖文化祭，想來有辦法的人士應該多加油了，我默禱著：「媽祖保祐！」

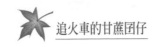

感恩會喜極而泣

老師們高興極了，我看到他們在辦公室開慶祝會，我們的級任林老師高興的抱起椅子跳舞，我們也在教室大叫大鬧，瘋狂極了……

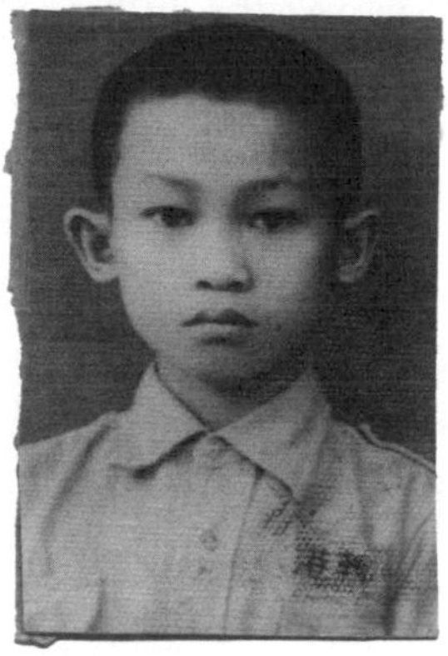

▲小學時代。

小學五年級時，要升學的就開始補習了，那時的初中少，招生數更少，如果不補習，鐵定沒學校唸，何況大家的第　志願都是城裡的初中，以民國四十幾年來說，雲嘉地區，大家爭的就是嘉中、嘉女，而這兩個學校也只招七班三百多人左右，這兩個初中沒考上，就只能上縣立初中。我所就讀的新港國小，每年只派一名縣長獎參加嘉中或嘉女的入學考試，原因是縣長獎有保送縣中的資格，萬一沒考上，還有一個學校可唸，比較有保障，到我那一屆爲止的前幾屆，都是如此，而且很奇怪都是男生，他們的名字我至今印象仍然深刻。高我一屆的是鄭政宏，高我兩屆的是王健二，高我三屆的是李光雄，他們在學校都是風雲人物，又是升降旗的大隊指揮，又是各種比賽的得獎高手，在新港市場遇到穿省嘉中、省嘉女制服的人都令人佩服萬分，連看病醫生都要看得特別仔細，再三勉勵兩句。

因此我們開始補習時，什麼武明算術、景元算術，什麼國語大全、作文範文，什麼常識要點等等參考書無一不備，而且要再三背誦，尤其要滾瓜爛熟，這樣每天早上一大早六點多就到學校，補到晚上九點多才回家。中午吃便當，只有蘿蔔乾或魚乾，我還算幸運，外婆幫我加一個蛋，而且飯都是白米飯，因爲地瓜容易臭酸（壞掉），米都以布包起來放下去煮，以便和地瓜或地瓜簽分開，就這樣簡單的便當，在當時也爲難了很多人，所以我們村中的同學一大半沒有升學，理由都是沒錢。而升學的這幾個也只有中午有便當吃，到了晚上可就要餓肚子，直到補完習才回家吃剩飯，村中有人賣麵，外婆有時會去買一碗陽春麵給我「孝姑」（台語，吃之意），那碗麵特別好吃，簡直是天大的享受，我自己會賺錢以後，吃遍東南西北，就是沒有那時那碗麵的味道，至今還懷念不已。

沒吃晚餐餓慣了倒也沒什麼，沒有錢買一輛腳踏車可是讓我吃足了苦頭，原因是另外同學都有車子騎，只有我和阿萍走路上學，白天還好，晚上九點多，要走兩三公里夜路，尤其要經過兩處墳場，特別毛骨悚然，我們兩人常手拉得緊緊的，邊走邊跑回家。小孩子難免會吵架，只要有爭吵，尤其是我若得罪了那些騎車的同學，他們就故意把阿萍先載回去，讓我一個人孤伶伶的一面跑一面哭，有一次母親得知這種情形，特地來載我，遠遠的就聽媽媽在叫我的名字，等接近時，我終於放聲大哭，母親後來告訴我：「其實天那麼黑，我自己也很害怕，那時不像現在有路燈，一片漆黑，趁著月光、星光，一看到有黑影就叫你的名字壯膽，你跑得很快，一團黑影直奔而來，我還以為是一隻大狗，著實把我嚇壞了！」不得已，母親終於把她在騎的二十八吋車子去掉坐墊讓我騎，雖然夠不著，但騎久了，一踼一勾的，倒也可以騎得飛快。那是父親唯一遺留下來的東西，在艱苦的時候，的確幫我不少忙。

補習時最怕督學來查，那時老師會叫我們把參考書藏起來，也按課表上課，我們都戲稱「毒蛇來了！」一聽到「毒蛇來了」，不但學生緊張，老師更緊張，往往手忙腳亂，參考書來不及藏的，就藏在天花板上、講台下的空隙。現在回想起來也眞笨，若眞要抓你，怎麼會查不到那兩個地方？有一次找師範畢業在小學教書，和一位老師去拜訪他的叔叔，他的叔叔正是嘉義教育局的督學，我們坐在客廳聊得很高興，九點多，他的小孩回來了：「爸！我補習回來了！」那位督學也不覺得意外，只告訴我們：「不補習？那只有去撿牛糞！」嘿！怪怪，居然出自 位督學之口，而那位督學也是我師範的學長，後來成了重要的政治人物，現在已逐漸淡出。可見，督學來查也都是例行公事，是不得已的，這一點我後來在社會上做事，感受尤其深刻。

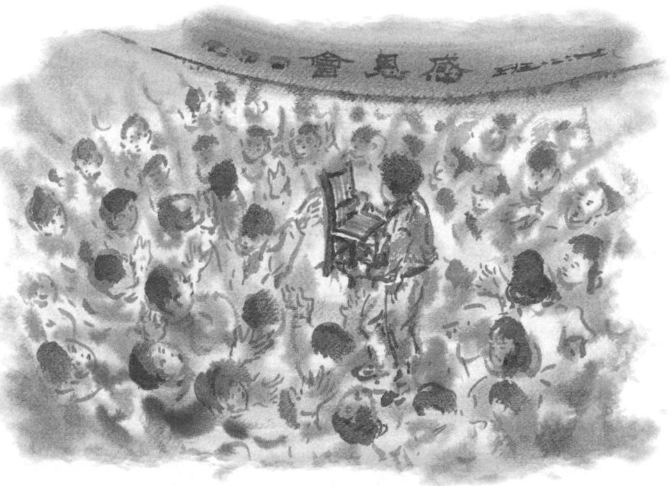

就這樣早補習、晚也補習，補了兩年，考試結果出來，竟然「踏破鐵基路」（破紀錄），男生考上嘉中二十一人，女生考上嘉女九人，怪怪，上一屆才一人上省中，而這一屆居然一下子上了三十人，老師們高興極了，我看到他們在辦公室開慶祝會，我們的級任林老師高興的抱起椅子跳舞，我們也在教室大叫大鬧，瘋狂極了，那眞是值得慶祝的日子，怎麼不高興？家長自動打金牌、買金戒子，合起來感謝老師的辛苦，那時大家雖窮，但湊一湊還是辦了一個很風光的感恩會，禮輕情意重，鄉下人那份樸實、憨厚，這下子完全表現出來：「免啦！囝仔有前途就好，囝仔成功，咱就成功啦！」林老師也感動得哭了。那眞是一場令人感動的感恩會，當時所有人的夢想就是讓小孩到城裡唸省中，如今竟考上這麼多個，夢想實現了，大家高興得都哭了，所謂喜極而泣呢！

尋回舊嘉義

大家排隊走路到學校，三個人一伍，沿著中山路走到中央噴水池……

開學了，穿著母親自己做的制服，還燙得筆挺，球鞋也是新的，帽子、書包都是新的，眞是體面。在鄉下唸小學，不必穿制服，也沒錢買制服，同學們的衣服，不是中美合作的麵粉袋做的，就是補了再補的舊衣服，哪有現在帥氣？

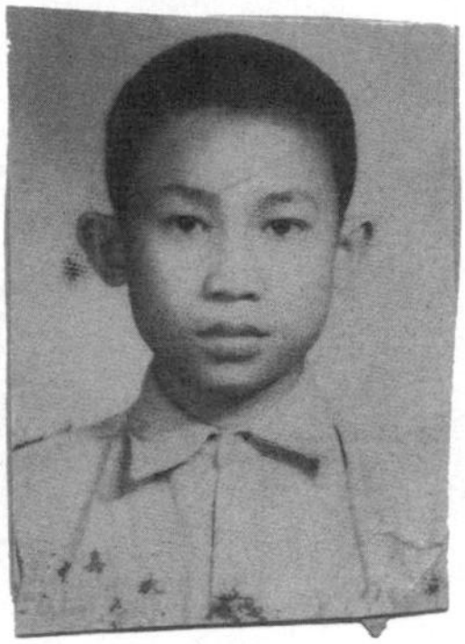
▲初中時代。

每天一大早，五點半就被外婆喊起來，吃早餐，地瓜飯，全是地瓜，米飯是要留做便當的。吃完早餐，匆匆騎上自行車到新港，把車子寄放在日光鐘錶行，一來鐘錶行有一個同學阿原可以一起上學，二來車子也不會掉，那年頭丟了一輛腳踏車是不得了的大事。

在新港小火車站等六點半的小火車，等車的時候就可以看出哪一個學校的學生用功，哪些學生比較愛嘻鬧。車子進站了，早已坐滿了人，尤以學生居多，我們只好站著，站著還是唸書，每人手中一本書。

到了嘉義火車站，大約是七點十五分，大家排隊走路到學校，三個人一伍，沿著中山路走到中央噴水池，再走到東門圓環；然後經過華商，直到山子頂，走路中間，還是人人一本書。走路怎能讀書？大概當時車少，又排成一個隊伍，前面接著後面，可以背公式、英文單字、詩詞，甚至可以背一些填充題、簡答題，總之，大家都很用功。

每次經過東門圓環，我都會左顧右盼，看看有沒有我熟悉的景物，那是我小時候住的地方，爸爸上班的地方，可是一點印象也沒有，可能那時候我太小了，才三、四歲，什麼都不記得了。只不過，我心裡還是認定那是我的第二故

▲落蒂昔日就讀的省立嘉義中學已改制國立，此為最新校門。（校長何經先生提供）

鄉，雖然只住了短短兩、三年。話說回來，我的初中三年，就是在這個城市度過的，怎能不親切？

本來校門是面向公園的，有一條小馬路可以通公園門口，校園門口左邊有一條斜坡下來，那是我們天天走的地方，上了斜坡右轉就到學校了，可是那條路我們只走了一年。第二年學校又開了第二個校門，把原來操場旁西面的山壁塡成一個斜坡，這個校門我一直走到畢業，後來不知過了多久，我從北港經嘉義市到蘭潭、仁義潭玩，竟發現這個學校的校門又開了第三個，面向大雅路，眞是面貌多變的學校。就連禮堂也是不久就建一幢，原來第一幢改成工藝

▲嘉義中學校景——椰林大道，保有當年記憶。（校長何經先生提供）

教室，童軍教室，還撥一部分隔間讓金門來的同學住，第二年又把第二幢禮堂改成圖書館，建了第三幢禮堂，還要每一位同學樂捐九十元買座椅，我那時只好申請貧寒證明免徵。不過我聽說那時還有些學校每學期除了註冊外，還要額外負擔樂捐三百、五百。在貧窮的年代，是一筆不小的負擔啊！三年中，我們只樂捐九十元，算是少的，可惜我仍然繳不起。

初中時我最要好的朋友是阿茂，他常陪我逛中山公園、植物園，甚至還老遠的到彌陀寺院，當年彌陀寺有一座吊橋，算是嘉義八景之一，吊橋下就是八掌溪❶，枯水期時水很少，我們在石頭

▲嘉義中學古蹟——木造舊禮堂。（校長何經先生提供）

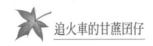

上跳來跳去奔跑，這些印象在後常在我的詩中出現，有朋友甚至以開玩笑的口吻說，你詩中的八掌溪出現這麼多次，再加上彌陀寺，可以出一本詩集了，嘿！我也眞有這種想法呢！

阿茂常陪我去蘭潭玩，當時的蘭潭就叫紅毛埤，必須穿過一片樹林才會到達，有時是穿過人家的果園，反正沒有環潭公路，也沒有現在那麼多建築物，荒涼得可怕，我想起母親告訴我二二八時許多人被槍殺在這裡，就有些毛骨悚然。

八七水災❷時，牛稠溪橋被沖斷，小火車不通了，我竟從大潭騎腳踏車經江厝店到嘉義唸書，那時班上有一位同

▲嘉義中學校訓——質實剛健。（校長何經先生提供）

學住田中央，我就去找他一起上學，由於有腳踏車，週六的下午，我們就一起逛垂楊路，那時候是一條大排水溝，旁邊種上垂楊，所以叫垂楊路，現在的年輕人可能不知道路名的由來。阿民很喜歡逛書店，那時中山路有一家蘭記書店，好像還沒有明山書店。我們常站在書店中看書，由於沒錢買書，店主人似乎不太歡迎，我們就轉往別家看，只是那些書店已不太記得名字，好像中央噴水池旁有家叫文物供應社吧，嘉義客運旁也有一家叫中文書店。

我們有一位同學住在北社尾，叫做阿華，我和阿茂、阿民常去找他，北社尾那時大部分是甘蔗田或池塘，我們常

▲嘉義中學校景——樹人堂。（校長何經先生提供）

騎著腳踏車在池塘邊奔馳，或在蔗田的農路追逐，最近從嘉義經過，這裡已成竹圍重劃區，有不少人馬路及高樓大廈，我初中時的印象，一點都不存在了，所謂滄海桑田，變化眞的是太大了。爲了尋回對古老嘉義的印象，我現在還常常開車繞來繞去，企圖尋回少年時代那一丁點的記憶呢！

❶二〇〇〇年七月二十二日，嘉義地區因豪雨引發山洪，致八掌溪溪水暴漲，當時在溪上沙洲工作的四名工人因為來不及逃離受困沙洲。後相關單位救助不及，四人在等不到救援的情況下，被溪水沖走罹難，造成悲劇。其實台灣的地

▲蘭潭現今風貌。（校長何經先生提供）

理位置特殊，常飽受「天災」的威脅，尤其是中部地區，歷年來的颱風與豪雨所造成的「作大水」（水災）每每均會有毀屋斷樹、奪走人命的慘劇。只是，「八掌溪事件」卻成為政府辦事不力的代名詞，為這美麗的家園平添上不必要的陰影。

❷「八七水災」發生於一九五九年八月七日，為台灣現代史上最嚴重的水災，也是台灣戰後僅次於九二一大地震的災難。當時日本南方海面的艾倫颱風把東沙島附近的熱帶低氣壓引進臺灣，使得中南部豪雨成災。災情的範圍相當廣泛，遍佈台灣十三個縣市，尤其以苗栗、台中、南投、彰化、雲林、嘉義等六縣及台中市受災最為嚴重（為台灣的主要農業區域）。暴雨集中在七至九日三天。這場突如其來的災害共造成六六七人死亡、四〇八人失蹤、九四二人受傷，各地哀鴻遍野，災民經政府予以收容者更高達三十萬人以上，是台灣戰後僅次於九二一大地震最嚴重的災情，對當時的台灣造成嚴重的打擊。

天公仔子

明芳死了以後，同學們有好長一段時間不再跳車，學校也一再告誡……

初中入學考試考完了，我和阿雄上了省中，阿萍和阿山上了新港分部，阿義上了北港初中，唯一的女生阿枝也上了北港初中，一個村子有六個人升學，這在以前是不可能的事，全村都只有一兩個升學，而且不是讀工科，就是讀商校或農校，鄉下孩子往往在初中第一試就敗下陣來，基礎不好，家長沒時間關心，能唸職校已經是天之驕子，人人羨慕了。而我們一下子上了六個人讀初中，村裡面的人欣喜萬分，奔相走告：「大潭人要出頭天了，元帥爺（精忠廟中祀奉岳飛元帥，俗稱元帥爺）顯靈了！」嘿！果然從那之後，村人上城裡唸書的多了起來，甚至還有唸到美國博士的，當年村中人純樸，凡事聽天由命，有什麼幸運的事，總歸給神明保佑，在我現在認爲，應該是台灣經濟慢慢好轉，村中人漸漸有能力栽培小孩之故。大概從我們那一屆爲分水嶺，前面的兄姊都沒升學，後面的弟妹升學的較多，所以常聽人家問：「你的哥哥姊姊怎麼沒唸書？你怎麼唸到大學畢業？」當時被問的人都支支吾吾不知如何回答，我想大概是社會正在轉型的緣故。

考上初中之後，面對著註冊問題、通車問題，深深困擾著母親，有一天林老師突然到家裡來：「聽說你們不到嘉義唸，要轉回新港分部唸？」不知哪來的消息，讓林老師十分緊張，媽媽說：「不會啦！再苦也會讓他唸下去！」原來那時有嘉義人考到新港分部，就傳出和新港人對調回嘉義，新港人回新港分部，還要給一筆錢，後來證實只是有人如此構想而已，害得林老師緊張萬分。其實現在想想，那種構想也並非沒有道理，新港人大老遠跑到嘉義去唸，嘉義人大老遠跑到新港、北港唸，既花錢又花時間，每次兩列火車交互會車而過，車上都擠滿了學生，鄉下人要到嘉義，嘉義人要到鄉下，形成一種很特殊的景觀。有時還形成交通意外，我就親眼目睹好幾個被火車輾死的慘狀。

當年交通不便，北港、新港要到嘉義，只有嘉義客運和台糖小火車，嘉義客運規定有火車站或火車站附近三公里以內的地區，不可以購買嘉義客運月票，必須坐火車。因此我每天早上五點半必須起床，吃完早餐，騎腳踏車到新港小火車站等六點半的火車，那班火車從北港開車的時間是六點，北港地區的同學仍然要五點半以前起床、用餐，住在元長、水林的同學那就要更早了。就因爲如此早，常有同學趕不上，就在火車啓動後才到達，由於小火車速度不快，同學身手也不錯，跳車姿勢十分優美，因此跳車是常見的畫面，但也因而產生不少憾事。

有一次火車剛起動，住在海瀛村的明政匆匆趕到，一手抓著門把，跟著火車跑，就在此時書包被分道器勾住了，人也摔倒了，不知何故竟翻往車子底下，兩腳被輾斷，送到醫院，失血過多死了，同學們被那一幕嚇呆了，可是也只有幾天而已，還是遲到的遲到，跳車的跳車。最不可思議的是初中小孩子頑皮，往往火車在行駛中，跳下來跟著跑，然後再跳上去，有一兩個這樣做，其他的人也跟著這樣做，尤其是在中洋子和牛稠山兩站之間，車速最慢，同學往往可以跑很長的一段距離而不會追不上火車，因此你跳下跟著跑，然後我也跳下跟著跑，然後你跳上，我也跳上，嘻嘻哈哈好像很好玩，如果你膽子小或很乖不願跳車，同學會笑你「穿裙了」的，穿裙子就是女生之意，沒種。那還了得，被罵女生，可是奇恥大辱呢！因此大部分同學都跳了，而且越跳越自信，有一般旅客勸止，我們也不理會。

有一個叫阿火的肉販，雖然住在新港，卻在我家門口賣豬肉，常常我未出門時就擺好了攤位，他聽說小孩子會跳車就鄭重勸我：「不要那麼調皮，不小心被車子輾死了怎麼辦？我就嚴格規定阿芳不可以跳車。」原來明芳從未跳車就是阿火嚴格規定的緣故。明芳每次都在車上安靜的看書，從來不理會別人的胡鬧。有一次正在看租來的武俠小說，調皮的阿俊從阿芳手裡搶過武俠小說就往車窗外丟：「看你跳不跳，不跳就賠租書店錢！」阿芳一急，眞的跳了，一手拿著書，一手抓著門把，可是他太乖了，沒有跳車經驗，居然摔了下去，結果當場被輾死。學生被車子輾死的消息很快傳到賣肉阿火這裡，一開始，他還不知是誰：「小孩子調皮，死好，死好，太胡鬧了。」半個小時後，家人來報：「明芳被火車輾死了！」阿火這下子當場昏倒。這是阿火做夢也想不到的事。

從明芳死了以後，同學們就有好長一段時間不再跳車，學校也一再告誡通車生要注意安全，但日子一久，這事就忘得一乾二淨，很快的，又此起彼落的跳車，現在回想起來自己是「天公仔子」，靠老天保佑長大的，在矇矓的年齡，能安全度了過來不是天公仔子是什麼？

傷心中元節

「……我一面燒金給他，一面自責，怎麼無緣無故冒出那句話！」「一切都是命，半點不由人，我怎知道就那麼巧……」

農曆七月，俗稱鬼月，母親從六月底就禁止我們到水邊玩耍，但七月是大熱天，村子又有三個巨大的潭，且鄰近嘉南大圳，喜歡玩水的小朋友哪管你家長的三令五申，即使挨打，也要偷偷跑去玩水，也因爲這樣，村子經常有人溺水，尤其是小孩子，我的小學同學次郎就和他的弟弟三郎同時被嘉南大圳的急流捲走，出事那天我剛好感冒沒去游泳，聽說次郎是爲了救弟弟才被漩渦一起捲進橋下的隧道中，找到屍體的地點竟是十幾公里外的崙仔村，村人雖然忙了好幾天，但那個年頭，大家生活不好，死一、兩個小孩，傷心幾天就淡忘了。不過，次郎的死，至今讓我心中有一個很大的陰影。會不會是我害死他的？

原來次郎的弟弟三郎在中元節放水燈那夜，不小心被擠落潭裡，次郎嚇呆了，我一急就跳下水去把三郎拉了起來，潭邊水淺，救人輕而易舉，那時我回頭對次郎說：「眞沒種，那是你弟弟耶？」也不知是不是這句話傷了次郎？讓次郎忘了嘉南大圳的急流和漩渦？那個出事的地點，就曾經有大人滅頂，更何況是小孩子？不經意的一句話，是否鼓勵或刺激了次郎去冒險？我不知道，但往後的日子，每次遇到次郎的父母，我總覺得內心有愧，只是這個秘密都沒有告訴任何人。中元普渡時，我拿著香，總會默禱，希望次郎原諒我無心的過失，我也總會在供品旁偷偷擺放幾個省吃儉用留下來的糖果或玩具，母親不知道原因，問我為何如此？我說拜好兄弟當然需要糖果玩具，好兄弟也有小孩子呢！

我們家窮，牲禮都是自己養的雞鴨，酒也都是零買的太白酒，油炸圓子更是媽媽的拿手，她說炸圓子費用少，量又多，你們可以吃個夠！這就是小孩子們為什麼喜歡年節的原因，再窮苦也要弄一些供品拜神明，我們小孩常戲稱「拜牙槽王」，也就是打牙祭之意。

七月十五那天，拜完了，豐盛的食物也吃了，小孩子就跑到潭邊放水燈。放水燈分成兩邊，靠近村子活動中心這一邊一組，另外一邊就是大橋邊的為一組，每組都極盡心力構思，做成船形的水燈放在水中漂浮，所謂燈就是點上蠟燭，一時水面上大大小小的燈火，十分好看，此時年紀大一些的小朋友就拿出麻竹筒做成的大砲，將內部竹節挖掉，只保留最底部一個節做閉氣用的，裡面裝上「電土」，靠近底部那個節邊挖一個小洞，滴上清水，此時「電土」遇水產生氣體，我們在冒煙的小孔上點火，突然「轟隆」一大聲，有如砲擊

聲，成群的小朋友立刻拍手歡呼。又好玩，又沒有危險。

這一邊放了一聲大砲聲，橋那邊也不甘示弱，馬上還以顏色，也同樣呼聲震天，就這樣你一來我一往的，哪一邊砲聲大，哪一邊的歡呼聲就大，直到深夜方休，潭裡漂浮的水燈逐漸油盡燈枯，岸上的「電土」也快用光了，砲聲越來越弱，小朋友興奮的心情也逐漸冷卻下來，才紛紛各自回家。

小時候，由於心中只有吃和玩，所以普渡燒金時，我們都七手八腳齊來幫忙，目的就是趕快燒完金，趕快有東西吃，吃完了趕快去放水燈，去歡呼，讓大砲聲壓倒對方，讓喊叫歡呼聲壓倒對方，所以此時母親臉上有何表情，我們都不太注意。直到稍大了，不再熱衷那些小孩子的玩意兒，才發現母親在中元普渡燒金時都會流淚，默默的流淚，這與在印象中是堅毅好強的母親不大相同，有一次終於鼓起勇氣問了媽媽。

原來父親過世那一年中元節，家裡開雜貨店的父親，批了很多金紙回來，意然沒有賣完，父親十分懊惱，母親說：「沒關係呀！沒賣完留著自己燒！」這時候父親突然勃然大怒：「什麼自己燒，妳說那個是什麼瘋話！」母親也自知說得太快，民間有時十分迷信，有些話十分忌諱，沒理會父親的責罵，逕自進屋餵食最小的弟弟吃奶，留下還在外面生氣大罵的父親一直的狂吼個不停。「也眞奇怪！」母親說：「那年農曆十月底，正準備要收割稻子，你父親就得了急性盲腸炎，開刀第二天就過世了！我一面燒金給他，一面自責，怎麼無緣無故冒出那句話！」

已經八十歲的母親還牢牢記住父親過世那年的中元節沒有賣完金紙的事，常常一面說一面流淚：「一切都是命，半點不由人，我怎知道就那麼巧，你們知道我們的雜貨店爲什麼不再賣金香燭嗎？就是從那年開始，過年過節用的禮品可以供應，若要金香燭，對不起，沒有，爲什麼？看到金香燭就想起那年中元節你們父親的發飆，眞是心痛！」村人都說媽媽不會哭，其實她除了沒時間哭，要忙著餵養一大串像粽子的小孩外，她眼淚大都往肚裡呑，有時默默流淚，是我們疏於注意罷了！

甜蜜古老的粗餅

「還記得嗎？小時候的中秋節，你們還可以吃到麻糬，在貧窮的日子裡……」

「媽，艱苦有時過，妳該吃要吃，該用要用……」

最近有一次從嘉義開車回大潭探望八十歲的老母親，途經江厝店，看到一個手寫的大招牌「古早味大餅」，一時好奇停車詢問，原來是小時候常吃的「粗餅」，大大的一個，沒包什麼料，只有麵粉加糖發酵烘焙而成，心想，當年美食怎可不吃？買兩個回去和母親共享，順便回憶兒時珍貴的印象。尤其是從前中秋節時，由於家貧，買不起包餡的月餅，這種粗餅又大又便宜，只要買一個切成八塊，全家人每人一塊，慢慢的嚼，細細的品，徐徐的吞下，那種味道，至今難忘。

回到家裡，趕忙去拿刀子，切了一塊給母親，母親咬了一口，很難下嚥的樣子，立刻幫她倒了一杯開水，母親喝了一口水，終於喘過氣來：「真的很難吃，太粗糙了！」我也咬了一口，只覺得像吞山東的大饅頭，又像吃新疆的「饢」，有一年去新疆旅遊，由於從阿勒泰到喀納斯湖要走一天的山路，沿途沒什麼地方可以買吃的東西，所以每人發兩個饢，我因好奇，拿到就咬一口，其硬無比，很難下嚥，只好含在口中，慢慢嚼，慢慢軟化，這才吞了下去，那時心想，糟了，今天就要吃這麼難吃的「饢」，阿彌陀佛，怎麼過這一天呀！可是到了近午時分，肚子餓了，紛紛拿出「饢」來吃，配上開水，怪怪，大家都說好吃，其香無比，很多人還向領隊詢問：「還有嗎？我還要！」難道眼前這個難以下嚥的粗餅，當年也是在十分飢餓的心情下，才顯得好吃嗎？啊！過慣了好日子，怎能體會辛苦的歲月？

母親吃了一口，把剩餘的餅放回盤子裡，搖搖頭對我說：「你們那時候兄弟多，大家搶著吃粗餅，有一年你二弟阿文捨不得吃，拿去藏起來，他總是那樣，每次有東西都不捨得吃，都要讓別人先吃完他才拿出來吃，然後戲弄大家，看你那羨慕的神情，他很得意！」母親喝了一口水，很懷念那段大家還小的時光：「可是那次他藏的地方被你三弟阿誠知道了，先把它偷吃了，阿文想到要吃時已經沒有了，哭得很慘，我只好把阿誠打一頓！唉！眞是小孩子！我就告訴阿文，以後有東西大家一起吃，這下子學到教訓了吧！要戲弄別人，自己反被戲弄！」母親對我們小時候的情形，記得一清二楚。

母親的回憶像滔滔的江水：「還記得嗎？小時候的中秋節，你們還可以吃到麻糬，在

貧窮的日子裡，沒有白米吃，只吃地瓜，甚至曬成地瓜簽，哪來糯米做麻糬？可是你外婆就是捨不得你們兄弟沒吃，總會弄到一斗糯米，做成麻糬！讓你們搶著吃，沾上一些糖粉拌花生粉，好吃極了，有一次你三弟阿誠太貪心了，吃了一大口竟噎住了，嚇得我一把將他抓起來倒過來拍背部，他才吐出來，差一點要了小命。唉！孩子，窮歸窮，總會設法讓你們過得像樣一些！」原來外婆每逢年過節，她都會回她生母家，生母家的兄弟見送人的姊妹過得辛苦，總會給她一些米、花生之類的東西，而外婆首先想到的就是我們兄弟，大老遠的又提又挑，走路再坐小火車，再走路，不辭辛苦的送到我們家，母親說：「你外婆心中一直想著你們兄弟可憐，沒有父親，她的心中，除了讓你們溫飽，就是要讓你們成樣。」那個年頭孤兒寡母又貧窮，外婆就怕被人看衰。「她心中最大的願望就是你們要『卡成人』（像個有出息的人）。」母親停頓了一下，彷彿又回到了從前：「可惜你外婆命不好，生命卡贏生健，她出生的家庭不錯，卻被送人，嫁的人家世不錯，卻是個揮霍成性的敗家子，等到你們開始上班賺錢了，她卻病了，沒有福氣享受你們孝敬。」母親說到這裡，我就想到我南師畢業第一年中秋節，好不容易在嘉義噴水池邊的餅店買一盒月餅回家，那可不是當年的粗餅，而是又細緻又好吃的月餅，外婆吃了一口，問我多少錢買的，我不敢告訴她真正的價錢，只說了十分之一的價格，外婆說：「那麼貴，也不好吃！」原來她不希望我再花錢為她買東西，買回來的東西也捨不得吃，她要留給小弟吃，那時小弟才小學六年級，還是孩子。外婆就是那樣，有一次妹妹花八十元買一個蘋果回來給她吃，她吃都沒吃就說：「親像蕃薯，有什麼好吃，很貴吧？」妹妹說：「無啦！甘吶十元而已！」，那時候我的薪水才七百八十元，只能買十個蘋果左右，有親朋好友生病住院，買一個蘋果去探病，算是十分有禮數的。外婆說：「十元，彼貴啦！以後甭買！」那個蘋果外婆就是不吃，再怎麼勸也不吃，現在她已過世幾十年了，我可以買整箱的蘋果，可是外婆永遠吃不到了。

「媽，艱苦有時過，妳該吃要吃，該用要用，外婆如果活到現在，那該多好！」母親又咬了一口粗餅：「嘿！說著說著，這餅倒滿好吃的，回味十足！」是的，回味十足，貧苦年代的中秋節，粗餅是我甜蜜而古老的回憶。

林老師提拔賞識

我們心理上沒有現在心理學專家所說的那些後遺症，即使以後繼續升學、畢業後出來做事，我還是感念師恩，若不是老師「冒險」修理我，哪會有今天，恐怕變得連自己也無法預測的境地。

自從林老師當我們班的導師之後，我有了很大的轉變，包括學習態度、行為舉止，但天生好動，還是常常挨打，每天挨打的次數沒有三次也有兩次，以竹掃帚抽起來的小竹子抽打，兩條腿常常爬滿地瓜藤，又好像現在的刺青，但我們心理上沒有現在心理學專家所說的那些後遺症，即使以後繼續升學、畢業後出來做事，我還是感念師恩，若不是老師「冒險」修理我，哪會有今天，恐怕變得連自己也無法預測的境地。本來很多老師怕我告狀，都把我「放棄」了呢！原來老師們對我向校長「告狀」還耿耿於懷。

小學五、六年級這兩年，是我最風光也最快樂的兩年，林老師常派我出去參加作文比賽、演講比賽。由於我喜歡看課外書，那個年代又沒有什麼課外書，農人子弟又不像都市

人是書香門第，家裡有幾本世界名著或童話故事。我們什麼都沒有，在學校只看《小學生月刊》，寒暑假作業簿中的閱讀測驗也是很好的材料，每次都先看完，滿足追求故事的慾望，如此而已。但我比較幸運的是村中的廟宇有一位廟公叫福伯仔，他有很多歷代演義，我從《羅通掃北》、《薛仁貴征東》看起，一直看到《三國演義》、《蜀山劍俠傳》等，我的文筆比一般的鄉下人好，應是這些閱讀打下的基礎。參加作文比賽，總是名列前茅，有一次題目是「給前線戰士的一封信」，我寫道：「大陸同胞都生活在水深火熱之中，我們能袖手旁觀嗎？」聽說引來眾多老師的讚美，至於我自己，也沒覺得跟同學有什麼不一樣只是心裡想什麼就寫什麼，後來到師校唸書，參加國語文會考，成績也很好，別的同學都說：「看到題目，心中有千言萬語，下筆時卻不知如何開始！」我想我的寫作能力，大概得力於這段時間大量的閱讀。

至於演講比賽，那更絕，我這種國語也能參加國語演講比賽；我現在回想起來連自己都要笑掉大牙，但那時雲嘉地區，尤其新港、溪口以及一些海邊鄉鎮，師資十分缺乏，老師都是晚上學國語：「去去去去上學」，明天早上到校變成：「氣氣氣，氣喪鞋！」或「下雨天」變成「下乙天」，就是那樣的師資，但大家相同的基礎，比賽就沒有什麼國語說得好不好的問題，就只有看文章好不好，那是老師代筆的，有沒背熟？記憶力我可是一等，台風好不好？老師用心調教，我又經常在同學面前表演東、表演西，頗有「表現慾」，所以常常講得頭頭是道，不會忘詞，眼觀四面聽眾，有表情，有手勢，我常領這方面的獎。

林老師還鄭重向音樂老師、美術老師推荐我這方面的才能，那個年代，所有雜七雜八的課都拿來上國語、算術和常識三科，藝能科的老師沒事可幹，專門訓練學生對外比賽，音樂方面就搞合唱，合唱搞不起來就帶一兩個聲音比較好的獨唱，遇到節日有活動，鄉鎮市公所公文一來，就有節目參加，美術也一樣，找一些較會畫的同學，合作一張張大的畫，有三月迎媽祖、糖廠寫生、菜市場一景、運動大會、遊行、國慶日、光復節……等等全開的畫，更有半開式或八開的保密防諜的畫，總之，一有活動，這些畫就搬出來。我常被叫去作畫，有免費的蠟筆可塗鴨，眞是快樂極了，自己還自許爲大畫家呢！可是上初中第一次交美術作業，畫發回來，後面一個大C，從此粉碎了我的畫家夢。而音樂課並沒有差太遠，初中時也都是教唱而已，既不看譜也不教樂理，每人唱一首歌，老師打分數，我的分數還不壞，到現在與朋友唱卡啦ＯＫ，還有人戲稱：「你可以當歌星哦！」看來要每天早晨到公園去唱：「可憐的爛瓜載整車」了！

現在回想起來，這些都是林老師爲了讓我有「正面表現」所做的努力。我還記得林老師上國語課，常故意解釋不出一句成語，然後問我，我大概都可以說出大意，然後賞我一本「國語辭典」，這種價昂的工具書不但我買不起，班上的同學也沒有人有，我拿到了，欣喜萬分，時常翻閱，有時竟先看未教到的課，查其中的成語或不懂的字，注解在書上，老師一發問，我都對答如流。我越能回答老師的問題，回去就越認眞查字典，這樣下來一、兩年，我的語文能力竟然可以寫簡明文言文，上初中時有一次作文課，我竟寫起文言文來，老師還問我：「是不是抄的？」那位老師上課馬馬虎虎，我答：「不是！」他也沒深究，但只給我普通分數而已，那位老師讓我印象最深的是改考卷用「瞄」的，大概對了就好了，有一位同學解釋「烽火連三月」的「烽火」是「用火攻打」，我去問他，他說：「攻打也有戰爭的意思。」眞是令人嘆爲觀止。

我從國小、初中、師校一直到大學畢業，甚至到研究所進修，遇到的老師不算少，但是能記住名字的並不多，可以留下深刻而難忘印象的更少，然而林老師卻是我永遠永遠難以忘懷的老師。

廟旁舊事

廟門有一個對子「三字奇冤流碧血，一生忠勇樹綱常」，小的時候不知其意就抄了去問老師，老師也很聰明，告訴我：「廟門的對聯跟廟有關，回去問廟公。」

大潭村有一座廟叫做「精忠廟」，奉祀宋代民族英雄岳飛，村人們都叫岳府元帥，簡稱元帥爺，是村人集會、閒聊之所，小孩子也都在廟裡廟外跑來跑去，廟埕更是追逐的好場所。

那年代，沒什麼娛樂，追逐便是小孩子最好的娛樂。有一種遊戲叫「殺死救兵」，一群孩子分成兩隊，人數相等，各占廟埕一角，或以牆爲大本營，或以電桿爲已方的所在。甲方跑出一人，乙方即跑出一人去追，若被追到就算死了，帶回乙方等待救援，這兩人在追逐時，甲方的第二人即可去追乙方的第一人，然後乙方的第二人就出來追甲方的第二人，依此類推，誰先從大本營跑出來誰就最小，被追到就死囚，所以要跑得很快，立刻回營摸了牆壁或柱子再跑出來追敵人，也可以救回自己被抓的人馬，跑來跑去，殺聲震天，既不

要花什麼錢，又可發洩小孩子旺盛的體力，那時候沒什麼電動，沒什麼網咖，更沒有飆車，有很多小孩玩到十七、八歲，若未外出吃頭路，還是在玩「殺死救兵」，可以說老少咸宜。

廟裡也是大人閒聊的地方，交換消息的地方，互傳八卦的情報站，不要以爲只有現在八卦滿天飛，早年農業社會，村中一有什麼事，馬上傳開來，喜歡窺人隱私，道人長短，絕不是現代人的專利。

村中人吵架，也常吵到廟埕來，讓大家評評理，有時誰大聲，誰就贏，所以吵架聲往往大到讓人聽不清楚事情眞相。有兩位吵架高手，記得他們從年頭吵到年尾，卻不會打起來，有一個叫人仙愁的，很大聲的罵另一個叫雞歸明仔的，可是雞歸明仔就不說話，大仙愁不再罵時，換雞歸明仔大聲起來，就這樣吵到他們都不能吵了、老了、病了爲止，他們爭吵的樣子，至今還鮮明如在眼前。

廟裡有一個管香火錢、早晚點香、開門、關門的廟公叫福伯仔。福伯仔在廟旁有一個小房子，賣金香燭、拜拜用的餅乾、糖果，我們如果有一毛錢，就去跟他買糖果，他沒事時都在看書，那時村裡面的人多半不識字，而他竟能看書，我很好奇，常常故意靠近去看他看什麼書，他會說：「囝仔人，知什麼，甭看！」一直到我小學五年級，渴望閱讀故事，他才借我《羅通掃北》，我一看，不得了，迷住了，從此以後常去找他要書看，於是薛仁貴征東，薛丁山，三國演義、水滸、封神榜……一些歷史演義就這樣讀完了，那眞是令我到現在都無法忘記恩情的事，因爲我多麼渴望故事，小時候，沒什麼故事書，福伯仔讓我佩服，這些半文言的東西，他怎麼懂！那是我長大才想起的事，我初中就能寫簡明文言文，嚇壞國文老師，大概是那段閱讀演義的日子培養來的，只是福伯仔還有一箱據說也是書，就是不借我們，直到福伯仔過世，村人才說福伯仔在城裡吃頭路，認識一個阿山仔（外省人之意），後來那位阿山仔被國府抓去槍斃，福伯仔從此沒頭路，就做了村中的廟公，福伯仔到死爲止，從未說出阿山仔與他的關係，但村中人隱約談到匪諜啦！二二八啦！只是不很知道詳情，福伯仔過世之後，那箱子就由村長和一群穿西裝的像是做官的人搬走，內容是什麼，沒人知道仔細，隱約有三〇年代作家的書，馬克斯、唯物史觀什麼的，村人識字的不多，說的也是片片斷斷。很不易接成故事。

廟埕邊還有一塊大石輪，據說是日據時代甘蔗收成時用的製糖工具之一，詳情不是很清楚，但我們小的時候，那個石輪經常綁著一個瘋男人，有人說他受日本皇民化教育十分成功，國府來了之後，他不能接受，常偷偷搬運子彈槍械回來放在床下，家人就說他瘋了，把他綁在石輪上，有頑皮的小孩還會用東西丟他，後來我到外地唸書，再回來就沒有看到他了，也沒有人談論他的下場。

最近返鄉看到舊廟拆了，正在建新廟，是一位村人外出經商成功回來還願的。其實也該改建了，廟齡太高，屋樑的木頭蛀了，瓦也常掉下來，兩邊的牆還是一個水泥老師傅用土法在兩旁各砌三道三角形的支撐，土法歸土法，九二一大地震，它竟完好無缺，反而廟前新做的八角亭被震塌了。舊廟雖已拆，但有一件事卻是永遠忘不了的，那是廟門有一個對子「三字奇冤流碧血，一生忠勇樹綱常」，小的時候不知其意就抄了去問老師，老師也很聰明，告訴我：「廟門的聯跟廟有關，回去問廟公。」當我問福伯仔的時候，他告訴我岳飛精忠報國被秦檜陷害的故事，他說：「許多忠臣義士，常常被壞人陷害，你們長大後要小心，不要太直。」說著，說著，福伯仔竟然哭了，我不知道岳飛跟他有什麼關係，他爲什麼哭，但是多年後我懂得人情事故，才知道，福伯仔一定是爲自己的遭遇而哭，他做廟公，無親無戚，一生孤苦啊！

林家古厝

我再回到這個村子的時候，這户人家的氣派已經沒了，就連大廳的古董椅子也被偷走了……

大潭村精忠廟後面，有一處非常精美的閩南式建築，圍上高高的紅磚圍牆，大門上四個大字「西河衍派」的堂號很氣派的懸在那裡，十分壯觀。大門是兩扇巨大的木門，有一丈多高，三、四尺寬，門後還有一道很大的屏風，從外面看不到裡面，必須轉一個彎才能看到大埕、大廳和左右兩邊的廂房。

我有一位同學叫阿將是他們的子孫之一，所以有機會進入大宅，但也只在大廳外面看一看，在埕上玩而已。其他很多房子設備如何不得而知。從外面看，大廳中的陳設和戲劇中演出大戶人家的佈置差不多，紅木的椅子高高的，茶几、神桌等也都是上好木材。最特別的是廳堂中掛兩個破籃子，據阿將說，他們的曾祖父、曾祖母曾是乞丐，這兩個籃子就是乞討用的「乞丐籃」，掛在那裡要後代子孫不要忘了先人的辛苦。有關這個家族祖先的發跡史傳說很多，其中最引人入勝的是他們的乞丐曾爺爺曾奶奶存夠錢買到一幢茅草屋居住，這幢茅草屋的竹樑內居然都是白花花的龍銀，因而致富，買大片的田，大興土木，連屋頂上的樑都是由大陸福州運來的福杉。這兩個乞丐夫婦開始繁衍子孫，到阿將那一代已有近百人，阿將的父親曾做過縣議員，叔叔曾開地下錢莊，最風光的時候，聽說地多到走一天也不會踏到別人的地，我想這未免有些誇張，但他們財力之雄厚，地之多，連管家到山裡收租，都被尊爲老板，真正的老板沒空去，佃農送管家的禮數，讓管家的子孫現在還是村子中的有錢人之一。

但幾十年來，我再回到這個村子的時候，這戶人家的氣派已經沒了，大廳的古董椅子被偷走了，廂房也只住幾個年紀大的，年輕人都外出打拚去了，有人做小公務員，有人做工廠的工人，有人甚至當工友，總之，這些後代並不風光，台語俗諺「富不過三代」，我幫他們算算大概剛好三代、第四代要跟這些村中的「新發財戶」比，可就沒得比了。

他們的第三代中我較有印象的只有三、四位，一位是當過議員的，很注重外表，談話舉止風度翩翩，幫人辦事從不拿錢，加上投資不順，還要靠女兒生活資助。另一位則沒幹過什麼公家或民代的事，老老實實的守住自己份內的田產，可惜兩個兒子都投資股票，目前也沒有什麼資產了。另一位則天生公子哥兒的命，養了一群樂師，天天吹吹打打，村中人說是北管，吹完了就吃喝，他喝到趴著喝，村中人都說：「眞拉」，大概和現代用語「拉風差不多」，但意思是否如此，就要再三研究了，可能有擺闊、擺譜之意，但又不完全如此，實在很難翻譯。但這一位先生對自己很闊，對別人卻很吝嗇，他們有雇用童工剝花生的「惡習」，但窮苦的年代，可以賺個一毛、兩毛，對小孩子是天大的恩惠，也沒有人出面檢舉，我就曾去剝過花生，往往剝了一個上午，大碗拿來一量，這戶人家也眞苛，放得滿滿、尖尖的，剩下不到一碗就不算了，下午再來，一個早上只賺一毛錢，剝得手指尖紅腫疼痛，但我們一拿到錢，趕快去買一個糖果「金含」，一個圓圓的糖球，放在嘴裡可以含很久，十分享受，因此即使手指再痛，甚至流血，我們還是常去問：「要不要剝花生？」這家主人還眞絕，對抗議裝得太滿，還有半碗多不算錢的孩子，一律不再雇用，所以大家都很乖，隨他們量，錢隨他們給。他們還有一絕，就是凡偷吃花生被抓到的，一律賠十元，當年十元可是大數目，賣光家當，有人還湊不出十元呢！賠不出來可以，義務剝花生三個月，所以大家都不敢偷吃。但這家主人還是不放心，時常叫我們張嘴讓他檢查。經過這麼幾十年，當年幫這戶人家剝花生的孩子，已經有很多人是董事長、大老板級的人物，開雙B車子回來，這戶人家的子孫也只能露出羨慕的神色而已。有萬貫家財給子孫，他也不一定能守得住，我的感慨滿深的。

這一戶人家，大概到我所說的這幾位這一代就敗光了財產，我的同學阿將，就算第四代，小學畢業就外出工作，而且，做的是粗重的勞務工作，甚至阿將口中的「九叔仔」也沒有享受過，因爲他出生較晚，上面一些堂哥兄長早把家產敗光，等他長大，什麼也沒分到，只好到台北當某公司的工友。甚至這位議員先生在風光的時候討的小老婆，也在他衰敗之後，帶著五、六個子女到台北白謀生活。而這麼一棟大房子，目前只住了幾位上了年紀的老人家，大廳中的神桌、茶几、太師椅也在半夜被人用卡車偷走了。屋頂破了，沒人修理，我想漏水大概也跑不掉，門牆上沒有油漆粉刷，其斑剝古舊正見證著這一戶人家的衰敗，「眼看他起高樓，眼看他宴賓客，眼看他樓塌了！」眞是最好的註腳。

南腔北調話鮮師

從南腔北調，我也就從「北江法」、「老鬼」、「草鬼」一直聽到「乃基」……弄了一個學期才知名師的「教學法」真是「獨門秘笈」呀！

上了初中，許多事情都很新鮮，首先是上課的老師多了，不再一班只有一位老師，而老師一多，最大的困擾是老師的口音，南腔北調，有時聽了一節課全然不知所云。小學時，老師雖然講台灣國語，但我們都還聽得懂，如今初中老師的「鬼語」，我們就常常「莫宰羊」了！

就說我們初一的導師吧，他一進教室就要大家「北江法」，什麼是「北江法」？聽了好幾天，終於猜到是「不要講話」，他要大家「別講話」，哦！原來如此。那時候教師待遇低，只有幾百元月薪，有許多教師是從軍中轉役過來的，雖上過花蓮師訓班、師大國文專修科或檢定考試，但基本上一個人年齡大了，口音、鄉音是無法改的，我們的老師正是這種集大陸各省鄉音之大成。

我印象最深的歷史老師，他的「老鬼」跟「草鬼」讓我弄了一個學期才明白是「魯國」和「楚國」，他說「埃及」是「乃基」，全班笑彎了腰，他還以為他的課很生動，十分吸引我們，越說越起勁，說到列強侵略中國，滿清政府無能割地賠款，當場激動的站到講桌上淚流滿面。

另一個讓我印象深刻的是教學法，先說生物老師，那時初一課程叫「博物」，老師要我們上課時到博物教室，博物教室有兩間，一間是老師辦公室，一間是教室，我們一進教室，班長就在黑板上寫老師的「獨門密笈」，我們就在下面安靜的抄筆記，抄到剩下十分鐘，老師出來了，照著黑板上的要點念了一遍，剛好下課鈴響了，下課後我們就背他的講義，考個八、九十分沒問題，大家也沒什麼意見。

更神的是體育老師，一學期只看到兩次人，第一次來告訴我們，這一學期要考游泳，每人至少要從游泳池的這邊游到游泳池的那邊才能及格，我們便急忙問老師「是長的那邊？還是寬的那邊？」「當然是寬的那邊，這部分可以利用水淺這一半，長的那邊有深有淺，溺水怎麼辦？」說的也真有理，從那以後，我們就各自玩球，學期終了，老師第二次出現，竟然只有幾位沒有通過，大部分都會游了，原來同學們耽心考試過不了關，紛紛找機會練習，那時公園有一個游泳池，同學常買票進去，我則利用假日到村中的水潭及附近的嘉南大圳練習，邇後同學相遇，談到自己會游泳，都歸功於這位老師的「教學法」。另外，我還感激他考單槓，引體向上要六下才及格，那時我體弱，一下也拉不上去，學期終了，只拉了三下，老師說要補考，放假時我日夜苦練，終於拉了六下，到約定時間去找老師補考，老師不在家，師母說：「都及格了，回家去吧！」那一次的補考，讓我的單槓拉出信心，以後竟也能正面向上，在成功嶺還因拉單槓合格而放榮譽假，至今我還懷念這位天才老師。

另外，學校的管教方式也讓我大開眼界，我記得小學時犯錯就是打，成績不好也是打，可是到了初中，不再打了，一犯錯就是記過，滿三大過就是退學。其中有一位訓導人員令我印象深刻，他不太記同學的過，有一次我犯了錯，本應記警告，他說罰勞動服務「割草」抵記過，我當然願意。有一位同學在校旁寺廟偷摘楊桃被抓到，訓導主任本來要記過甚至把他退學，但這一位老師別出心裁，把他關在訓導處前面猴子籠裡，那個籠子本來有隻猴子，後來死了沒再養，就一直空在那裡，這位同學被關在裡面，哭得很傷心，這位老師把他放出來，然後告訴他：「臉丟大了？會哭？表示你還有救，回去想一想！」那位同學後來很用功，發憤圖強，考上很不錯的大學，如果是現在，這位老師不挨告才怪。

另外我的國文老師吳崇蘭先生也值得記一記，她是讓我走上寫作之路的一位啟蒙老師。第一節課時，她就帶來了她自己的作品《蘭嶼木舟》、《素英小史》讓我們看，就在那一刻，我腦中閃過一個念頭：「我們老師是作家耶！我以後也要當作家！」從那以後，她上課時我都特別注意聽，她除了課文講解詳細之外，對作者生平的補充更是豐富生動，我對一些三〇年代的作家及台灣早期作家的印象，大概都是在那個時候建立的。可惜吳老師只教了一年就換了一位老先生，講解普通，特點是要我們背國文，默寫還好，站起來背誦，一緊張就全忘了，因此我每次都背到滾瓜爛熟，現在有一些古文至今還能朗朗上口，大概就拜這位老先生之賜。

事隔數十年，對這些人的印象，有些竟還清晰如在眼前。

徬徨少年時

高中入學考放榜時，我站在榜單前找了好久，終於在分部找到我的名字。

初中和小學最大的不同是一個讀書有人管，唸不好會挨打，一個是沒人管，採放任制度，三科不及格就留級，因此很多同學突然在兩種制度之間迷失了，留級的人很多。而我雖沒留級，卻都低空掠過。原因是我迷上了武俠小說，什麼金庸、臥龍生、諸葛青雲、伴霞樓主、司馬翎、古龍等人的作品，一概不放過。這些東西比教科書有趣，同學們交談的內容不是袁承志、金蛇郎君就是楊過、小龍女，手裡拿的不是《驚虹一劍震江湖》就是《一劍光寒十四州》，甚至有媒體報導：中學生迷上武俠小說，離家出走，上山尋找高人練武功。而我也沉迷於武俠小說，荒疏了功課。

由於武俠小說的情節太吸引人了，不但在家裡看，坐車的時候也看，甚至上課時也看，課本根本就丟到一邊了，在這種情形下，月考怎麼辦？只有開夜車，努力準備個一個禮拜竟也能過關。只是有時內容太多了，考前一天，竟然唸不完，正在著急時，同學們互相通報：校門口某某小店有賣考試重點，薄薄一冊，考前讀個幾分鐘，竟然也能命中百分之七、八十。原來那時教師待遇低，老師編一本小冊子，寄在小店賣，多少也貼補一些家用，然而，我們卻被嚴重的耽誤了，我們只求考試通過，一點實力也沒有，等到考高中時，這些武俠迷紛紛中箭落馬。

高中入學考放榜時，我站在榜單前找了好久，終於在分部找到我的名字。「怎麼會？」同學紛紛關懷著，而我背靠著牆，一點力氣也沒有，差一點暈了過去。這是何等的挫敗？何等的恥辱？那時候，我眞的一點鬥志也沒有了，回到家裡給開藥廠的舅公寫了一封信，表明決心前去學做生意，趕快賺錢幫助家裡，不再升學了。

信寄出後，左等右等，就是沒有舅公的回信，眼看著高中入學報到的日子到了，只好硬著頭皮前去報到註冊，而舅公的信也在這個時候到達，內容規定要初中三年成績單、操行證明，我將內容告訴外婆，外婆十分生氣：「什麼東西，我的親弟弟居然也不賣老姊這個人情？要什麼成績單、操行證明？不要去了！」就這樣，我硬著頭皮到分部唸高中。現在回想起來，大藥廠公事公辦六親不認是對的，否則到處是親戚，來個混混豈不壞事？

從一個人人豎起大姆指的學校，考到第二志願「分部」，在我心裡畫下一個很深的傷痕，平時自信滿滿甚至有些傲氣的我，如今像洩了氣的皮球，每天天未亮就出門，一直到天黑才回家，我怕見村裡的人。我不再看武俠小說了，開始專心讀書，一面讀高中課程，一面準備重考。那時班上也有一位阿順，情形和我一樣，只是他發奮用功了三年，後來仍然考上台大。我現在回想起來，念哪一所學校都一樣，問題是不是自己肯用功，可是一直到現在，人們還是要爭第一志願，要爭名校。

就這樣，我拚命用功了一年，七月初九，高中考試報名第一天，我準備前往報名，卻因前一晚晚睡起不來，想第二天才去報名，就在我起床不久，村人議論紛紛，民雄出了大車禍，嘉義客運在通過平交道時，被火車撞個正著，死傷慘重，村裡面有九位罹難，隔壁阿美要去報考高中，也不幸重傷死亡，父母哭得很傷心。這不是我要搭的那一班車嗎？因睡過頭而逃過一劫，我內心突然百感交集，如果我也搭上這班車，我所有的努力不都白費了？幾乎有兩三天的時間，我的腦子昏沉沉的，既不唸書，也沒去報考高中，直到南師入學報名前一天，村子裡有一位叫阿義的青年，要去台南上班，看到我就說：「要不要去考南師？明天就報名了。」也好，有他帶著我去報名，心情比較舒坦。台南我沒去過，還眞有些耽心呢！

就這樣，我沒有再考高中，只有重考南師，並且因爲一年的生聚教訓，如願以償進入南師。在南師三年，我不再看武俠小說了，雖然那時臥龍生的《神州豪俠傳》、《飄花令》

正在中央日報連載，但它已經無法吸引我的興趣了，有時看到南師的師長在辦公室搶閱臥龍生的武俠小說，竟覺得很好笑。我開始看文星、大學雜誌，開始讀泰戈爾、川端康成，我覺得羅曼羅蘭的《約翰克利斯朵夫》，托爾斯泰的《戰爭與和平》開始深深吸引了我。回想初中那段徬徨少年時，武俠小說雖然帶給我很大的快樂，卻對我的升學讀書造成極大的影響。看到現在的青少年沉迷網咖，不知道將來是否也會和我一樣，後悔莫及？

庄腳囝仔情義重

我們許多同學，大部分來自鄉下，一樣樸素，一樣用功。我們一起用餐、一起睡覺……

南師錄取通知單來了，心裡既興奮又緊張，興奮的是終於在激烈競爭中，獲得上榜；緊張的是，從此要離開家，住到學校了。從未離開家，一直生活在鄉下，即使到嘉義唸初中，也是每天通學，到了晚上，又可以回到溫暖的窩。這一次，就要遠到台南，遠到一個在當時心目中是一個好大好大的城市。那時台南又稱古城，也有人稱古都，好像很遙遠很遙遠的地方。報到註冊的前一天，我就提著一個皮箱，一包棉被和日常盥洗用品去搭車。

母親送我到村後的小站牌等嘉義客運，車子來前，還很不放心的再三叮嚀，自己在外要格外小心，注意添加衣物，不要和人吵架，要修養、脾氣要好，直到我上了車，車子開得好遠，過了嘉南大圳，到了西庄、民雄，相信母親一定還站在路邊張望，對著消失的車子，喃喃吩咐……。

車子到了嘉義總站，一邊提一個皮箱，一邊提一個大包包的雜物、棉被，短短的幾百公尺，居然停了好幾次才走到火車站，兩手提的又麻又痛。然後買票，坐上南下的慢車，當時大部分的人都坐慢車，也就是普通車，足足坐了兩個多小時才到台南，中間還停水上、後壁、林鳳營、柳營……每站都要讓許多人上下車，每站都花十幾分鐘，但那時能坐慢車，已經十分不簡單了，聽說有人還挑著重物，走到台南。我在台南火車站下車，車站前排滿了載客的三輪車，到南師大概花個五元、十元。我盤算著口袋只好咬著牙，再省他一趟，提著笨重的行李，走到東門圓環，再走樹林街，走到南師，那時東西提久了，竟然忘了重，手也不知道痛了。以後的三年中，就是這樣搭車回家、到校，並不覺得辛苦。現在交通方便了，許多家長送孩子到學校宿舍，他們不知道自己的父母當年是怎麼過的，我現在想，我們常責怪現在的小孩怕苦，不知惜福，不知感恩，可是，他們沒有接受磨練的機會，沒有受苦的教育，怎麼責怪他們？

註完冊，按公佈去找床位，我睡下舖，我的上舖是來自南投日月潭的小葉，小葉個子和我差不多，是小個子，看到我時，微笑和我點頭，在面對許多陌生的同學，一時不太能適應的我，竟然感到格外親切。不知不覺竟然聊了起來。

小葉和我一樣，父親早就過世了，母親幫人打零工養育他們幾個小孩，不過，他和我

不一樣的，就是他從小學就幫忙賺錢貼補家用，他住在魚池，放假日就到日月潭賣甘蔗，他說警察遇到了就沒收他的甘蔗，丟到潭中，小葉往往等警察走了，就下水把甘蔗撈起來，「日月潭附近賣甘蔗的小孩，一定要學會游泳。」他笑著對我說，可是我聽了幾乎掉下眼淚。

我的旁邊睡的是小薛，說話愛吹牛，許多同學常嘲笑他，但他不以爲忤，每一次他在吹牛，同學就說：「又在放了！又在放了！」他的綽號就叫「放湯的！」他喜歡畫國畫，常剪貼畫刊中的國畫來臨摹，當時我們都不太懂學畫需要臨摹，常告訴他：「畫別人畫過的東西，太沒創意了，這樣怎麼能成爲大畫家。」但他還是畫他的，還買芥子園畫譜，每天練習，畢業後在國小任教，晚上教畫畫、書法，不但頗有名氣，還賺了不少錢，在他任教的學校附近的人，幾乎都認識他，只要想學畫，就會找到他。

由於剛到學校，來自全省不同的縣市，每一個人都初次離家，有些不習慣，也由於怕生，最初交談的對象就只限於床位靠近的幾位，也由於三年中床位幾乎沒有變動，附近的幾位也成了莫逆之交，有的就乾脆成了拜把兄弟。

就以小葉爲例，他畢業以後回南投魚池任教，我每次到南投日月潭一定去看他，我也很以這個同學、這位拜把兄弟爲榮。他服務之熱心，是附近聞名的，幾乎縣內有活動，他都是最熱心的義工，義務訓練合唱團，義務帶小朋友騎車做古蹟名勝尋訪。

就因爲太熱心了，民國八十年左右突然猛爆型肝炎過世了，起初他太太以爲太疲勞，每次回家坐在椅子上就睡著了，都勸他要多休息，但他總放心不下別人拜託的事，最後終於在許多人的感念聲中，走完人生之旅。

每次想起南師的日子，就會想起小葉，是他在我初次離家的時候，給我純眞的友誼，是他在我晚上睡不著的時候，坐起來不睡，陪我談心，如今他走十幾年了，他的孩子應該也都長大了，心裡還有一點稍爲寬慰，由於小葉待人不錯，過世時，同學紛紛慷慨解囊，勉強可以稍渡難關。

我們許多同學，大部分來自鄉下，一樣樸素，一樣用功，我們一起用餐，一起睡覺，其中許多甜蜜的點點滴滴，令人永生難忘。

庄腳囝仔逛大城

「度小月」擔仔麵，更有一段離奇傳說。據説店主本來當漁夫，沒有出海的日子就賣麵來度過抓魚的小月……

一九六一年我從只有居住兩三百人的農村，跑到人口有幾十萬人的古城台南唸書，心情有些像鄉巴佬進城，什麼都很新鮮，每個星期例假，一定到處閒逛，名勝古蹟更是我認眞拜訪的地方。未到台南之前，什麼安平古堡、赤崁樓、孔廟、延平郡王祠……都只有在課本中、老師的口中提到，如今就在附近了，怎能錯過？

距離學校最近的是法華寺，雖不是什麼名勝古蹟，但環境清幽，南師人常抱著書本到法華寺唸書，稍遠一點的有竹溪寺，雖然要走過一片芒果林，越過健康路，但用功的南師人還是常到竹溪寺唸書，當年寺旁還是農人種田的農地，如今再去，放眼一看，高樓大廈，哪還有當年的蹤跡，這種改變尤其以東門城外的竹篙厝最大。我有一位同學住在竹篙厝，我讀南師時曾前往拜訪，竹林、稻田……和我家鄉一模一樣，如今哪還能找得到昔日的田園風光？不是住商混合大樓，就是幾十層的公寓大廈，大概所有都市的周邊土地，都會迅速改變，也難怪這一、二十年台灣出現不少的「田僑仔」！

距離南師只有數百公尺之遙的名勝古蹟，就數延平郡王祠了，我只要走出校門，沿著樹林街轉過開山路，就可以看到延平郡王祠。當年物資匱乏，沒有什麼整修，不像現在的富麗堂皇，不過，不管是破舊古老或金碧輝煌，它給我的感觸是一樣的，我常為鄭成功的「開洪荒未曾有之奇節」而感嘆，不過，他還好，仍有不少悲劇英雄，埋沒在歷史的荒煙蔓草間，未為人們發掘呢！

位於五妃街和進學街交叉口的五妃廟，當年還只是一條小巷，不知何時才改為五妃街，不過五妃廟早就建在那裡了，這是紀念明鄭時期寧靖王的五位姬妾，在施琅率清軍攻陷台南前自殺殉王的，每一個時代都有每一個時代的貞潔觀念，她們是否值得效法，不是一篇短文所能討論的，但是她們的作為確實憾人心弦。我不知道新女性主義者到五妃廟會發表什麼看法，但我的心情，從數十年前到現在都一樣嚴肅。

至於孔廟、安平古堡、赤崁樓也都是我星期例假日常去拜訪的名勝古蹟。孔廟大門前的「全台首學」給了我很深的感觸，每年孔子誕辰，照例祭孔之外，有誰曾經對廟中供奉的先聖先賢眞心的推崇，實在的效法？而億載金城年久失修，荒涼的景象，更使我不知道什麼東西可以永垂千秋萬代，更遑論「億載」了；還好，最近再次造訪，它已經整理得美崙美奐，社會進步，大家富裕也造福了這些古蹟。

除了拜訪古蹟之外，就是拜訪小吃。當時東門圓環未拆，最有名的就是吃蛇肉湯了，由於我皮膚一向不好，從小不是長癩痢頭，就是這邊生瘡那邊長疔，聽說蛇肉湯清肝解毒，我常去造訪，口味不錯，幾十年後回到台南，東門圓環拆了，蛇肉店也不知搬到哪裡去了，只覺得當年有一家小書店南一書局，竟拜升學參考書之賜而成爲大出版社，至於另一家賣詩集的青年書店，不知仍然經營否？哪天我要專誠去找一找。還有體育場邊的一家金萬字舊書店不知是否仍然經營？

最有名的小吃集中地應算「西門圓環」了，那時有「棺材板」、「鼎邊趖」等聞名小吃。所謂「棺材板」乃是將一大片沒有切開的土司麵包中間挖空，塞進一些海鮮、雜燴，淋上沙拉醬，如此而已，但你一咬下去，白色湯汁流出，味道很好。人們說是僵屍的腦汁，取名恐怖，卻人人想一試，因而成名。至於聞名全省的「度小月」擔仔麵，更有一段離奇傳說，據說店主本來當漁夫，沒有出海的日子就賣麵度過抓魚的小月，所謂小月即淡季之意，想不到賣出名堂，眞是人算不如天算。

前面提到東門圓環有南一、青年書局，但當時大書局都在中正路，我常利用星期六晚上到中正路逛書店，由於窮，逛書店常站著看書，有時一次看不完，便每個星期六跑去看，直到看完為止。三民書局出的《泰戈爾全集》就是這樣看完的。還有其他許多世界名著如《基度山恩仇記》、《茶花女》、《傲慢與偏見》、《約翰克利斯朵夫》等名著都是這樣站著看完的。

在當時看電影算是奢侈的享受，「延平」、「南都」……等大戲院，我們只能站在門口看看，有什麼名片、好片，以後淪落到「實踐堂」再看。「實踐堂」票價便宜，窮學生負擔得起，而且所映均是名片，沒有什麼色情、暴力片，很適合我們選片的標準。當年我們雖窮，但還頗自負，不是一流的電影不看，不是一流的名著不看，這種窮學生的傲骨，至今我仍引以自豪。

在生命轉彎的地方

這種人生的轉變，誰也無法預料，就以當年……

投考南師是我生命的轉捩點，許多的人和事，在我生命中都留下了重要的意義。其中以遇到詩人綠蒂和日本文學專家蘇石平最爲關鍵。

話說當年才十六歲的我，跟著母親到台南尋找住宿的地方，從火車站沿著大馬路尋找，大一點的旅社怕太貴，不敢進去，小一點的旅社又沒空房，這樣一直走到運河又回到東門，終於找到一家小旅社

「東門旅館」，矮矮的平房，漆上綠色的外觀，勉強可以居住，尤其價錢適合母親的經濟能力。

這樣一路走來，累得滿頭大汗，兩腳酸麻，我不高興的表情，自然顯現在臉上，母親一面安慰我，一面借旅館的電話和表姊聯絡，此時表姊正住在她舅舅家，是一家小農藥行，不到二十分鐘，表姊就來到東門旅社，並表示她舅舅歡迎我們去住宿，這下子真的太好，趕忙和旅館老板說明並付了十元的休息費，和表姊來到她舅舅的農藥行。

表姊的母親是我的大阿姨，由外婆領養，我常弄不清楚以前的人是什麼想法，外婆自己被領養，一生都常怨生母，何以自己也要領養別人的女兒，何況自己也生了三個女兒？後來才知道民間習俗叫「跟花」，也就是自己沒生育或小孩夭折，抱一個別人的小孩來養，後面就會跟著生育，外婆可能命中無子，前面兩個兒子都養到三、四歲才夭折，只好從雲林鹿寮一戶人家抱來大姨媽，也真奇，大姨媽來後，外婆又順利生下三個小孩，只可惜都是女生，讓外婆一生都「冊到十足」（恨到極點），母親名叫冊，小姨媽名叫足，戶口名簿上是「甭」，你就可以知道外婆心中有多恨，有多重男輕女，又多恨天不由人。

表姊的舅舅和舅媽十分客氣，招待我住家中最好的客房，床鋪是彈簧床，讓我十分不習慣，躺了半天，翻左邊也不是，翻右邊也不好，只好睡在地板上，現在想起來真土，睡鄉下的硬木板床睡慣了，上好的「席夢絲」居然無法適應，不是土是什麼？

既然睡不好，就走出房間看看，原來客房外還有一間大客廳，一位老師正在指導三、四個學生溫習功課，原來他們是表姊舅舅的鄉親，也是要來投考南師，後來聽說一個也沒考上，這也難怪，當年考南師就和考一中一樣，十分不易。就在我走出客廳時，一位個子不高，理光頭的學生上前和我打招呼。

原來他就是詩人綠蒂，北港高中畢業，正在準備考大學，看他個子小，如果他不說，我還以為他也是要來投考南師的，我們聊得很愉快，竟忘了第二天要參加考試。不過，也由於這次機緣，讓我走上文學的旅途。因為綠蒂後來北上唸淡江外文系，兼辦野風，我沒有投稿的勇氣，總是把稿子寄給他，發表在野風的「小星星」一欄中，原來那一欄是專供習作者投稿用的，有鼓勵新人之意。雖是小園地，對我的鼓勵可是很大。

就這樣寫了一、二年，剛好野風辦徵文比賽，我就把一首詩「南方的小星」寄去應徵，也真幸運，居然入選新詩組佳作，和散文組的「張曉風」登在隔壁，張曉風那時是東海大學的學生，刊出的照片好像還戴著學士帽，想不到數十年後，她竟成了名作家。

這種人生的轉變，誰也無法預料，就以當年表姊的舅舅所開的小農藥行為例，誰會知道後來竟發展成全國最大的農藥廠「惠光大農藥廠」，想起當年去投考南師，他們那種親切招待，第二天又送午餐至我考試的地點，他們的成功，應該不是沒有理由的。而張曉風後來的努力，書一本一本的出，也是她成功的重要因素。而詩人綠蒂後來也成爲中華民國文藝協會的理事長和中華民國新詩學會的理事長，當上這兩個重要文藝團體的負責人，也不是當年綠蒂和我所能預料的，數十年來的努力，才會有如今的成果，一分耕耘一分收穫，實非虛言。

至於翻譯日本詩十分有名的蘇石平，更是激勵我最深的人，我考上南師，就分在仁班，和蘇石平同班，我們個子差不多，剛好坐在一起，他喜歡文學和我一樣，只是天份不一樣，他是屬於徐志摩型的，寫起文章來，如地底自然噴出的岩漿，令人震撼，最近出了一本《父子情深》的散文集，堪稱他的代表作，描寫他在日本奮鬥二十年的艱辛歷程，頗受讀者喜愛，聽說書一出版，沒多久就再版了。他常鼓勵我要再升學，我之所以能順利考上高師大英語系，他每週一封督促的信居功厥偉。他的戀愛史更可以用「驚天地而泣鬼神」來形容，希望他撥一點時間，把它寫出來，讀者就有福了。

師友情緣

我們四人自稱「灣裡四友」，常相約至灣裡海邊嬉戲……

由於與蘇石平深交的緣故，讓我和陳正家、杜榮昌結下深厚的友誼，並與台南灣裡結下深深的情緣，我們四個人自稱「灣裡四友」，時常相約至灣裡海邊嬉戲。那裡的浪特別柔和，不會將我們四個小不點吞沒，那裡的沙灘特別有詩意，我們經常在沙灘上寫詩、撿貝殼，那裡有間古屋，除了四友外，許多灣裡的青年學生也常來聚會，我們戲稱「名古屋」，並且在作文簿上大書特書，我們的國文老師張老師為人古板，常批示：「勿隨便使用地名」，我們也不以為意他批他的，我們寫我們的，現在回想起來，一個根深蒂固的觀念，要改也真難，難怪當年許多老學究反對新詩，邱言曦便是代表人物，在中副寫「言議五論」，讓我們看了直冒火，可惜人微言

▲右起蘇石平、落蒂、蘇石山、許秋永。當時蘇石山業已畢業，回校探望石平，並對我及秋永多方鼓勵。背景中的圖書館現已不存在。

▲南師時代二。

▲南師時代一。

輕，我們未能起來和他論戰，倒是一些已成名的詩人群起而攻，形成有名的新詩論戰。

張老師是冬烘先生型的學究，教我們國文，解釋起字詞字義，一定查辭海，往往寫了一黑板，我們受益良多，但他的守舊，使我們的作文常常「死板板」，無法發揮創意，例如有一次我寫「她的倩影，猛然打開我的心扉，深深印在我的心版上」，張老師馬上批曰：「心哪有扉？心哪有版？」，眞是讓我啼笑皆非。不過，他也深知上進，有一次他引用言曦的話批評新詩：「中學生國文程度不好，新詩人要負絕大部分的責任。」，我聽了馬上在週記上加以反駁，而張老師並未斥責我，反而買來《創世紀》、《藍星》、《現代詩》等詩刊閱讀，「虛心」和我討論了起來，我寫詩的興趣未因而中斷，張老師寬大爲懷，能知順應潮流，應是最重要的原因。設若他記我一個過，責罵我一頓，可能我這棵詩壇小苗，早就夭折了。張老師還幫我一個大忙，包括阿平等好友都不知道，那就是我喜歡在週記上大發議論，有一次竟然批評時政：「有一些國家打著民主自由的旗號，而實行專制獨裁之實。」、「三國蜀漢最後都失敗了，我們反攻有望嗎？」等等言論，讓張老師嚇了一大跳，訓導主任林主任也問我生活情形，花費多少？用在那裡？我答以「大部分買書，都是些文藝性書籍」，他們不知道我迷上《文星》雜誌、《自由中國》，迷上柏楊的《西窗隨筆》，李敖的《傳統下的獨白》，這些書籍在白色恐怖時期，差一點讓我陷入「萬劫不復的境地」，包括以後考上高師大英語系，也差一點因而被送「新竹技藝訓練所」，這一段奇遇，我曾寫一篇短文〈走過白色恐怖〉，發表在聯合副刊，將來我會再詳細交代那件事情。現在回想起來，張老師和林主任沒有將我送辦，實在應該深深向他們一鞠躬致謝，可惜他們都已作古了。

阿平的詩文在雜誌、報章經常刊出，風靡不少讀者，他的夫人蔡青蓉正是眾多崇拜者之一，可惜家人反對，他常把這一段辛苦的戀愛史告訴我們幾個好友，我們常被感動得流淚，這一段由他自己來寫，應該更動人，更有真實性和可看性。我看許多名家，仗著自己的名氣，發表長篇纍牘的情書，看來乏味至極，阿平加油了。阿平到日本二十幾年，栽培了一子一女均上東京帝大醫科，這段辛酸的歷程真令人感佩。後來他便將這段辛酸史寫成一本《父子情深》。

至於陳正家則除了天份外，更加苦幹實幹，文章雖然寫得好，但大部分時間均用在教學上，因此到四十七歲才出版一本散文集《走過一世紀》。陳正家也是個深情的人，他們兩夫婦的情書，還裱背裝訂成三巨冊，這可是我在文友中很少看到的。

而杜榮昌會和我交往，可就更奇了，他不是南師的學生，他讀長榮中學，因與阿平、陳正家同住灣裡而與我結識。當年年紀輕輕的就寫了「曼谷亞運」影評刊在中華日報而成名，華副的主編看到時還不相信文章是他寫的。這一段趣事，讓我們灣裡四友一直津津樂道。

小杜後來走入集郵、郵票製作、圖卡發行等外務，讓他逐漸疏於文學創作，每次遇到小杜，我都頻頻遊說，希望他趕快歸隊。

少年的亮光

當時還真幼稚，自以為鬼計得逞，如果不是張老師存心放我們一馬，恐怕前途無亮，真的沒有光亮了。

我家那麼窮，退學了以後就死路一條！

我們班的導師張老師是軍人出身，帶班以嚴厲出名，當時流傳一句「仁班傳統，規矩最差」，普三仁和普二仁已令教官、訓導人員頭痛，如果普一仁再壞下去，豈不天下大亂？學校爲了破除此一不良傳統，特別商請張老師來帶我們。這一

▲南師紅樓依舊，前排右起第四位為導師張性如老師（已仙逝），後排左起第一位陳海雄、第二位林福建、第五位連信雄均為現任中小學校長。

招不但奏效，而我們班還獲得每週生活競賽冠軍，一直到學期結束。

反觀普三仁、普二仁兩班不但在教室吵，寢室吵，連上餐廳也吵。為了反抗教官的高壓他們十分團結，集合整隊唱軍歌呼口號上餐廳，一到餐廳全班呆坐，值星官喊開動，全班竟然沒有開動，教官不得已，跑到學生面前，一個個下令開動，我們一面吃，一面觀賞教官出醜的樣子，竟然吃得十分興奮。在戒嚴時期，只要有「罷」字出頭，那還得了。罷吃？罷課？罷工？不要命了！

被導師壓得服服貼貼的我們，十分欣賞普三仁和普二仁學生的勇氣，也很羨慕隔壁一愛班的幸運，他們老師陳老師和藹可親，是不管事的老師，但他們班上也沒有什麼狀況出現，畢業時同學們送陳老師腳踏車、電鍋，一副感恩依依不捨的樣子。反倒是我們班，只有幾個張老師口中的顏回、子貢七十二賢人，勉強湊合一點錢買紀念品。有些不滿的學生，甚至在畢業前夕，在教室牆壁上塗鴉，大小黑色毛筆字，寫滿了整個白色的牆面。我們導師看了，一定昏倒！許多同學異口同聲說。當時我不知是哪來的勇氣，在一個角落空白處簽上我的筆名。第二天，導師只微笑著對我說：「要寫上文學史啊！牆壁等會兒粉刷一下就沒了！」我吐了吐舌頭。嘿！竟然沒有責罵我。現在回想起來，如果要查辦，別人都沒有留下證據，只有我簽了大名，事情就大條了。

還不只如此，張老師還在很重要的關頭放我一馬。話說師範生既要爲人師表，校規奇嚴並不令人意外。很多小違規都要退學，何況打架？那是一次校外參觀教學，教材教法老師謝老師按往例每隔一段時間就帶我們到校外參觀教學，這是我們特別喜歡的日子，只要參觀一所學校，看了一節課，其他時間都是到風景名勝旅遊。和一般旅遊一樣，車上難免唱唱鬧鬧。有一次在回程途中，睡的睡，唱的唱，誰也不管誰。小許、小蘇和我正唱著《黃昏的故鄉》、《可憐的戀花再會吧！》、《港都夜雨》……等閩南語歌曲，正唱得起勁，突然後座的小黃從睡夢中大喝一聲，奔到前排，打了正在唱歌的小許一巴掌：「唱什麼唱！吵死了！」

由於小許個子小，小黃比我們倆高了一個頭，被打的小許雖然不服氣，但也沒奈何，此時我突然有仗義扶弱的唸頭：「小許，下車我們倆一起揍他！」就這樣，遊覽車抵校門口時，我和小許等在車門口，也不管謝老師在場，乒乒乓乓打了起來。不久，勸架的同學把我們拉開，我們也報了仇，氣也消了，小黃自知猛虎不敵猴群，也不再有所行動。

當然，打架非同小可，一般學校都要嚴厲處分，何況師範生，同時又發生在生活秩序的模範班上？我們害怕在學校是再也待不下去了，張老師的面子也掛不住了，衝動過後，才知道事情的嚴重性。

張老師把我們找了去，大概問了一下事情經過，就告訴我們三人：「好了，請家長來帶回去吧！」糟了！這不是退學是什麼？我們三人此時不再計較前面誰打誰，誰欺侮誰，反而感情好了起來，一起商量：「怎麼辦？」

「怎麼辦？能怎麼辦？」小黃一臉沮喪！

「糟透了！我家那麼窮，退學了以後就死路一條！」小許也掉下眼淚！

「都是我不好，我要想想辦法！」我自知衝動，如果不是我鼓勵小許，倆人一起打小黃，不就不會發生打架

▲進入南師時全班與師長合影，前排右二為導師張性如先生。

事件？

最後我告訴小黃要他委屈一點，事情已到這種地步，小黃也同意了，辦法就是大家一起說是小黃要欺侮小許，我前去勸架，抱住小黃一陣拉扯，誤會而已。導師要我們寫悔過書，寫悔過書我是一流的，導師當面誇讚：「文筆眞好，以後要用在文學創作上！」就這樣，導師當面向謝老師打了招呼，教官孫秋林也愛護我們，一個警告都沒記。現在回想起來，當時還眞幼稚，自以爲鬼計得逞，如果不是張老師存心放我們一馬，恐怕前途無亮，眞的沒有光亮了。

張老師表面嚴厲，內心充滿著無限的愛，這一點我在以後數十年的教學生涯中，有很深的體驗。如今張老師墓木已拱，我去向誰道謝？願他在天之靈，知道我內心的感激。

冒出文學嫩芽

那段期間我也開始和異性文友交往通信，最先是和嘉師的「寒月」書信往來談文學，為了避開學校的書信檢查，我以一個女性化的筆名去信……

許多畢業數十年的校友，回到南師，最想看的就是那幢一進校門就看到的紅樓。這是一棟三層樓的磚造建築，已屹立了一百多年，歷經民國五十三年嘉南大地震、九二一百年大震❶都毫髮無傷，令人讚嘆當年建築的技術和用心。每一位校友看到這棟建築，當年在紅樓綠窗的琴韻書聲，瞬間回到腦海，那段人生最快樂的時光，彷彿回到眼前，難怪每次我回到南師，總會遇到一群群頭髮花白的長輩，甚至還有當年的日本人，回到這裡來回想過去，他們的心情，也許比我更複雜啊！❷

我在南師時，由於喜歡文學，最先是辦班刊，以刻鋼板油印的方式發行，每次大概影印三十份左右，除了送給各班外，大部分就是請老師指正。別班也有班刊，都以班級代號來命名，例如我們班是仁班，導師就以「仁友」替我們的班刊命名，並題上「以文會友，以友輔仁」的字樣，放在封面，圖案則由喜歡美術設計的同學每期按出版日期的特殊意義設計，國慶則畫上雙十，元旦則畫上大地回春萬象更新，出得好不熱鬧，於是校中喜歡文學創作的同學，彼此熟識，交往因而熱絡起來。

漸漸的，辦班刊已不能滿足我們對文藝的熱愛，我們發起組織文學社團，請學校裡對文藝有素養的老師爲指導老師，並發行社刊，邀請報社主筆、作家到校演講，也辦聯誼活動，近的到安平古堡、赤崁樓，遠的則到大崗山、三地門、天長地久，我們這一群文藝青年，幹得有聲有色。

由於漸漸寫出文名，我們便成爲校刊的社長和編輯，負責審稿和編排，但在那個言論不自由的時代，付印前稿件必須先送訓育組審查，有一次我設計了一個封面，送到訓育組審查硬是不通過，理由是那一期是慶祝蔣公華誕的特刊，我竟然設計了一個地球，上面有一顆星星，下面用一個手掌托著，訓育組長說：「你看這一隻手托著地球，上面的星星又有五條光芒，不是把世界送給共匪是什麼？」我說：「我的意思是蔣公是世界的救星……」「不行、不行，容易引起誤會的就是不行。」那張設計除了不能刊用外，我的校刊編輯生活也因而結束了。

既然不辦校刊，就向外投稿了，也因而認識了許多其他學校的文友，近的有南二中的

林燦南、潘熙瀚，遠的有嘉師的劉興廷、蔡天爵和花師的榭溪容，除了通信互相切磋外，也互相造訪。當年台南有一個「白鮲園」，頗有情調，我們這一批文友，在裡面談文論藝，還拍下一張每一個人都是光頭的合照，每次拿出來看，睹照片思人，這些人現在既沒看到作品，人也不知在何方，眞令人思念啊！

導師知道我在外面發表作品，又與校外人士交往，很快找我個別談話：「你寫在週記，我還可以叫你撕掉，幫你擋一擋，如果發表在報章雜誌上，沒有問題還好，有問題我就擋不住了，還有最好不要成立什麼讀書會，很多人都因這個會那個會而惹麻煩！」訓導主任也找我：「寫一些友情或愛情的文藝作品沒有關係，最好寫一些有益進德修業的文章……」我們也很能自我約束，所寫的詩文大概都脫離不了友情和愛情，我曾出版一本情詩集，也是拜這個約束所賜。

那段期間我也開始和異性文友交往通信，最先是和嘉師的「寒月」書信往來談文學，爲了避開學校的書信檢查，我以一個女性化的筆名去信，寒月則以一個男性化的筆名給我寫信，寫了兩年多，也許無緣，一直沒有迸出愛情的火花。

另一個就是夢影，她是我的小學妹，小我兩屆，我們常利用晚自習時偷偷約會，就在她們教室外的噴水池旁大樹下，一面聊著還要一面注意訓導人員，尤其是教官，在那個年代，學生是不可以談戀愛的，即使沒有談戀愛，只要兩個人一起說話，也常會被叫去訓導處，因此我們都十分小心，就這樣偷偷摸摸的約會了一年，我的情詩也頗有斬獲，但一年後我畢業了，仍然因爲緣份不夠，信越寫越少，直到後來沒有音訊，只留下我爲她出版的一本情詩集和一本散文集爲愛做見證。

記得在畢業二十年後有一回同學會，住在台南勞工育樂中心，當晚同學相聚，二十年不見，份外興奮，我又想起了當年和夢影這一段沒有結果的戀情，不覺多喝了幾杯，竟至於吐得滿地，讓許多老友十分訝異：「你今天怎麼啦？我記得你酒量不錯的。」「讓他吐吧！多年的積怨吐掉就沒事了！」一位知道當年我與夢影交往的同學這麼說，他知道我這一位當年的文藝青年除了冒出文學嫩芽外，愛情的嫩芽也正在冒出呢！可惜都沒有成樹成林。

❶台灣位處歐亞板塊和菲律賓板塊交接處，而板塊運動自古至今從未曾停止過，使得台灣飽受地震的危害。民國五十三年一月十八日的嘉南大地震為光復以來傷亡最慘烈的地震；最近的一次是一九九九年九月二十一日中部地區所發生的集集大地震，該次地震造成二千餘人死亡，八千多人受傷；房屋全毀、半毀達八萬餘間。

❷南師占地並不大，一入校門，映入眼簾是一幢巍峨屹立的建築物——紅樓，是南師目前現存歷史最久的建築物。這棟由紅磚砌成的三層樓校舍興建於民國十一年，屋架及門窗在二次大戰中被燒毀，民國三十六年，由首屆台籍校長張忠仁先生，委請日人織田先生設計，依其原貌之日式屋瓦及外觀予以整修，其後又陸續經過多次修繕。值得一提的是，紅樓的堅毅形象目前已儼然成為南師的精神堡壘。

綠窗小語

我和許多同學一樣，來自鄉下，出身貧寒，有一個床位可以棲身，有三餐可以吃，內心已十分滿足了……

每一位南師校友，回到學校都要看看那幢三層樓的紅樓，早年在南師唸書，就只有這麼一幢教室，日據時代的建築，由紅色的磚砌成，窗子漆上綠色，所以我們常戲稱紅樓綠窗，加上每間教室都配有一架風琴，沒課的時間，一定有人練琴，南師的同學都很用功，常手不釋卷，所以我們又加上琴韻書聲四個字，南師人各行各業都有，但大部分都安份任教，相遇時總是不離：想

當年紅樓綠窗，琴韻書聲的日子。有談不完的話題，也有訴不盡的回憶。

我進南師時是普師科最後一屆，兩班女生，四班男生，女生大部分家庭經濟不錯，四十幾年前女孩子能唸書的，家庭應在小康以上，有些同學甚至是醫生的女兒。男生就比較窮了，看通訊地址，不是什麼村，就是很鄉下的地址，比如後底湖十號，山豬窟六號。

當年的學生一律住校，宿舍建成教室的模樣，四十幾人一個教室，床舖是上下舖，床下放臉盆、牙缸、鞋子，毛巾就掛在床沿鐵絲上，每一個人分配一個置物櫃，只夠放一個皮箱，棉被就摺成豆腐乾，每天由教官檢查內務，像極了軍中生活。不過，當年也沒有人認為管教不當，或抗議生活空間太小。

我和許多同學一樣，來自鄉下，出身貧寒，有一個床位可以棲身，有三餐可以吃，內心已十分滿足了。學生伙食因由學生自己承辦，伙食委員可以請公假不必上課，很多人都搶著要當伙委，而且還可記功（師校的功課輕鬆，往往可以自修應付月考）。剛到南師時，常看學生人手一書，有在樹下唸書的，有的在路燈下唸書，也有在廁所的燈下唸書的，後來我才知道，可以保送師大的名額每屆有十來位，只要爭得前幾名，服務期滿即可保送升學。

餐廳男女合用，統一喊開動，因此開動前每桌要有兩名同學負責添飯。由於正在成長階段，每個人的飯量都不小，吃飯常比速度，至於女生，則比較秀氣，男生有時暗戀女生，常暗中觀察，看哪一位吃飯最斯文，我們竟然發現，有女生吃飯像機器人，每挾一次菜，就把筷子抬高，然後平移送入口中，再平移筷子往前，然後放下，觀察三年，天天如此，同學互相傳遞消息，竟然成爲吃飯一景。

洗澡堂只有一間，中間是一個大的蓄水池，四週有置物櫃，放乾淨的衣服，只此而已，沒什麼遮欄，大家袒裎相見，剛開始有些不習慣，遮遮掩掩，久了就習慣了，也沒誰去注意誰長得什麼樣子，幾十年後同學會，大家都成阿公阿嬤了，紛紛表示要再一起洗澡，看看有什麼變化，常常你一言我一語，躍躍欲試，好不熱鬧。

每天早上六點半早點名，體操、跳土風舞，當年風氣保守，男生和男生跳，女生和女生跳，我們常笑說女生如花開展，男生如鴨走路，既怨嘆自己跳得笨手笨腳，也羨慕女生風姿綽約。

升旗時讓三年級畢業班上台練習演講，內容自訂，有些同學台風好，口若懸河，有些就結結巴巴，不過，沒關係，訓練久了，以後還是一名稱職的老師。不過，上去演講也會出狀況，有一兩位比較不願受框框限制的同學，常常題目聳動，令師長頭大，有一位就上台說：「如果同學不向老師敬禮，老師應該自我檢討。」差一點就被退學，後來記過了事。這種有個性的人，在當年往往下場不好，常常遭到退學的命運。這些退學的人士中，後來有自己奮鬥成功，聞名海內外的，不過，學校還是承認他們是傑出校友。頒獎給他們。

每一年學校都會辦運動會，完全由學生主辦，包括會長、總幹事、裁判……無一不是學生擔任，體育組長，體育老師只負責指導，每一次都辦得有聲有色，這種訓練方式，畢業後才能擔任各種重任，應是不錯的方法。

同學們各種人才都有，有讀書種了，圖書館一開，總是衝第一個進去搶座位，有立志成為音樂家的，每天勤練鋼琴時，晚會時，演奏少女的祈禱，竟然讓我們羨慕不已，不過也有音感不佳者，當拉小提琴，除了平常吵人外，晚會時上台拉個沒完，讓人受不了的也有。也有想當畢卡索的，每天勤畫畫，開畫展時，果然精彩異常。也有立志要當徐志摩的，每天手不離詩，口不離詩，上課時不是在寫詩，就是在看詩集，總之，各種人才應有盡有。

我在南師時，座位剛好靠窗，綠色的窗子，常常帶給我許多靈感，許多回憶。

青澀歲月總是詩

實踐堂正在演《亂世佳人》，她買好了票卻……

在南師校園，我的印象是學生很純樸，很用功，上課時學校很安靜，課餘時間每棵樹下都有人抱著一本書猛啃，有一個圓形圖書館，只要一開門同學就往裡衝佔位置，小許是大家公認為衝進圖書館的第一名，人黑黑瘦瘦的，理光頭，即使後來改師專可留長髮，他還是理光頭，一付不成功便成仁的模樣，同學都很佩服他。

圖書館旁有一座化雨亭，後面有一片芒果林，另一邊則是籃球場和幾棵大榕樹。我常和詩人在化雨亭談詩，蘇石平那時感情正豐富，常常發表徐志摩式的情詩，副標題都會寫上致鹽埕人，那時有一個女同學叫什麼年的，住在鹽埕，個子小小的，長得很標緻，路上和我們相遇，我們都叫她鹽埕人，這樣瞎起鬨的結果，換來了她們叫我們流氓、太保。在那個年代，被叫太保那是一種很大的侮辱和輕視，何況能上師範的女生，出身家庭都不錯，他們的目光都在成功大學的學生身上，窮師範生若想追女朋友，就像癩蝦蟆想吃天鵝肉一樣，門都沒有。可是後來謎底公佈，詩人喜歡的鹽埕人居然是台南家職的學生，長得很漂亮，經過千辛萬苦，終於嫁給詩人，人人稱羨，目前生活美滿，兩個兒女都是東京帝大醫科畢業的醫生，詩人也在日本有名的大學任教，偶爾翻譯一些日本名詩給國內的讀者欣賞。

阿永的座位剛好在我和詩人的中間，也以海癸做筆名，開始寫現代詩，起初寫得不錯，因爲他要追一個叫阿桃的女生，我們也設法讓他們在化雨亭約會，可惜後來沒有結果，阿永一傷心，詩也不寫了，畢業服務二年期滿，辭職經商去了，聽朋友說他有好幾家公司，我們若到高雄開同學會，一切費用算他的，我猜他可能在南師交女朋友時受到什麼刺激，哪一天可眞要當面問問他。

話說回來，若說師範生的才氣全部都輸給大學生，那倒也未必，我的同學阿田擅長國畫，就有一位叫阿蓮的女同學很喜歡他，有一次阿蓮拿一張實踐堂的電影票給阿田，告訴他實踐堂正在演《亂世佳人》，她買好了票卻因突然有事不能前去觀賞，請阿田去看，阿田一進電影院，隔壁有一個成大的男生，一看阿田坐下，一直側頭看阿田，不到五分鐘，電影也不看逕自站起來走了出去，後來阿田才知道，這一位成大的同學，要追阿蓮，買了兩張電影票，一張送給阿蓮，想製造一起看電影的機會，這下子，被阿田打得心碎，同學一

談到這件事，都紛紛以阿田爲榮，認爲他爲師範生爭取到很大的面子。那時候有一位教官叫孫秋林，擅長國畫，夜晚免費指導大家畫畫，阿田事件之後，報名參加國畫社的學生，突然增加很多。

不過像阿田這樣幸運的，也只是少數，一方面學校禁止男女交往，一方面女生的家長也都反對。我的同學小賴，彈得一手好鋼琴，作文比賽也很拿手，常得第一，交了個高我們一屆的學姊，家長一聽到，馬上跑到學校找人，聽說小賴把這位女同學藏起來，我覺得很不可思議，在當年的校園環境，要把女同學藏起來談何容易？祇是後來他們結婚了倒是眞的，我想那也一定經過一番奮鬥的痛苦過程，哪一天遇著了小賴，得好好問他才行。

另一個同學阿三，長得高高帥帥的，領導能力、口才都很好，交了一位來自東港的女同學阿珍，由於阿三常常擔任大隊司儀，喜歡他的女生也不少，但是阿珍的家長仍然極力反對，兩人畢業後一同分發嘉義一所很鄉下的國小，也不管家長是否同意，他們公證結婚了，在四十幾年前，這可是很有勇氣的事。阿三後來也沒有讓女方家長失望，服務期滿不但繼續深造，還留日專攻特殊教育，曾擔任國立高中的校長，也曾在師大擔任特教課程，阿珍沒有看錯人。

至於大部分同學，不是個子長得小，就是其貌不揚，交女朋友的事，想都不要想，只有到圖書館借幾本瓊瑤小說看看，白個兒做做夢，有些個則立志要用功，在芒果樹林中讀書，在大榕樹下讀書，在南師附小的校園內讀書，甚至在路燈下讀書，有時冬風凜冽，穿著學校發的黑色外套，粗布做的，抵禦寒風，手中一本書，希望無窮，他們常聽學長說前幾名可以保送師大，服務三年期滿也可以參加聯考，就這樣，前方好像出現了一個希望之燈，引導著同學努力往前行。

小舟划著回憶

許多考上南師的同學，多是迫於家窮無奈才來唸的……人生一時的得意和失意，其實不算什麼，最重要的是要保持一顆永遠上進的心。

考上師範學校對窮苦人家的孩子，是一件值得慶賀的大事。學校不但供吃住，學雜費一切全免，還發給書籍、制服。我記得當時的制服是夏天男生黃卡其褲，女生黃卡其裙，上衣是白色短袖上衣，胸前口袋繡上一個大大的鐘形字樣南師，上面是學號。第一次穿上全新的衣服，感動得流下淚來，尤其是男生，普遍家窮，初中時常將就著穿，學長的舊衣服，破舊的制服，兩三件拆開合成一件，就這樣過了三年。現在終於有新制服穿了，內心裡又欣喜又驕傲，欣喜的是從此不必愁金錢問題，驕傲的是那是打敗了多少人才能獲得錄取，尤其先筆試，再口試、術科複試，過關斬將，多麼不容易才考上啊！

帶著一種既興奮又得意的心情，第一個禮拜就寫信給我的國小同學小邱和小黃，他們兩位也和我一起投考南師，可惜都沒考上，只好在家鄉唸縣立高中，我希望他們不要洩氣，條條大路通羅馬，他們也來信表示羨慕，並立志發憤圖強，將來考上師大。果然三年後小黃考上師大，並且在當中學教師幾年後考上國中校長。小邱更厲害，考上台大法律系，他畢業的學校校長還爲他募捐學費，小邱後來還幹到中央級的政府官員。我現在想想，人生一時的得意和失意，其實不算什麼，最重要的是是要保持一顆永遠上進的心。

我想起那時許多考上南師的同學，其實是迫於家窮無奈才來唸的，其中就有一位小許，家住北港，老是以唸台南一中爲第一志願，家長不准，到南師以後，一直悶悶不樂，甚至在學校鬧自殺，還好發現得早，從鬼門關把他拉了回來，但他一直鑽牛角尖，第一年暑假，他在他們自家的甘蔗園服農藥自殺，由於發現得晚，送醫時已無生命跡象，聽同學們說他曾經以前幾名的成績考上一中，到現在我還覺得很可惜。

雖然讀師校大部分的人仍留在小學當老師，但是只要肯努力，還是限制不了他的發展，當年南師的同學當校長的不少，當到教授、政府中央級官員者更不乏其人，這位小許自殺死了，至今我仍深感心痛。

當時的住宿也很將就，四十幾個人住一間教室，排滿了上下舖的木床，木床年久腐爛，有許多蛀洞，蛀洞中常有臭蟲，晚上時常被咬醒，同學們紛紛跑到東門城一家農藥行買殺蟲劑，一小瓶像大姆指大小，要價十元，泡上十倍清水，噴在蛀洞上，沒多久，臭蟲

紛紛掉落，那種殺臭蟲的景象，如今還鮮明如在眼前。宿舍只有置物箱，每人只能放一個皮箱，書籍沒地方放，只好放在教室抽屜，有些在桌子上，桌子前半部擺書，後半部可以寫字，也可以打瞌睡，老師們像大學教授，只管講課，不管你有沒有用心聽，師範生程度好、聰明，一般師範課程難不倒他們，有人自己讀英文、算數學，服務三年期滿，除了保送師大外，自己通過聯考考上大學的也不少。小張坐在我隔壁，每天勤讀物理、化學，後來考上醫科，現在就在高雄行醫濟世，也有人勤於寫作，詩人小鐘除了寫詩外，就是睡覺，有一次上化學課，葉鴻儒老師給大家做實驗，他既不實驗，也不寫報告，居然寫起詩來，沒有注意到葉老師走到身邊，把他的詩稿拿起來唸：

笑。

「夏日黃昏，我散步在醉人的柳堤！」那時女生班有一個名字叫柳堤的，惹得大家哄堂大笑。

當時的伙食費多少，同學們也沒人去問，只知道每個月每班有一名伙食委員，又算帳又採買，當然都是由伙夫帶著去買。不過，早餐有豆漿、饅頭、稀飯、醬瓜等，中午或晚餐有時不錯，有時就只有炸吳郭魚，每人一條，不管大小，有大如手掌也算一條，有小如大姆指，當然算一條，每桌坐六個人，剛好六條，第一次我不清楚，先去的人先挾大條的，我去晚了只剩兩條小的，就一起夾到我的餐盤中，最後一位到的是小蔡，就沒有魚了，小蔡悶不吭聲，一碗飯泡湯就這樣喝完了，當時我既不敢把另一條小的挾給小蔡，又覺得我怎麼可以吃兩條，雖然兩條小的還不到大的一半，但現在想想對小蔡還是十分抱歉。不過，後來吃飯時，每桌先派兩人站起來，一人擯飯，一人分菜，一般都十分公平，但炸魚有大有小，還是無法公平，不過，每人都有一條，表面公平，倒是真的。

一九九一年我到大陸華東玩，遇到公務員或老師大概兩佰元人民幣，約合台幣一千元，工人有五十、一百元的，和我讀南師時的工資差不多，我一九六四年服務小學，月薪台幣七百八十元，如此推算我們每個月的伙食費，應該也只有二、三百元，那時一碗白飯才一元或五角，想想南師的日子，再想現在，真是不可同日而語。

同是天涯淪落人

學長告訴我們他姓張，後壁鄉人，初中時有一個要好的女同學，自從他上了南師後……

南師的晚餐開得早，飯後往往天還未暗，我們不是在操場散步，就是走到校旁的附小、法華寺，甚至走過健康路到了竹溪寺。由於剛到學校，初次離家，每一個人都很想家，那時文夏有一首台語歌《黃昏的故鄉》非常流行，我們常常一面走一面哼，有時竟至淚流滿面。

第一次到校開學是九月初，沒多久就遇到中秋節，台南市附近的同學都回家了，而遠道的，就不能回家，比如澎湖絕不是一天可以返往的，而我，爲了省車錢，也沒回家，可是初次離家的小孩，本來就十分想家，如今又遇到中秋節，傳統上是團圓的日子，內心的痛苦，眞是只有當事人才能瞭解。

那時我讀書不多，不知道有什麼鄉愁的詩，但李白的「靜夜思」卻是人人能琅琅上口的，我忍不住輕輕的唸了起來：「床前明月光，疑是地上霜。舉頭望明月，低頭思故鄉。」這首不用多加解釋的詩，竟然能稍稍寬慰我們思鄉的心。

「小葉，唱一首台語歌《望月思鄉》吧！」我知道小葉的歌聲不錯。

「來來來，我唱一首《故鄉的月》！」小薛自告奮勇。

就這樣，你一首台語歌，我一首台語歌的唱了起來，那是最能撫慰遊子的心的歌曲。

「我來唱一首《媽媽我也眞勇健》。」我希望母親知道我在台南很好，很健康，雖然想家，但還是得住下去，畢竟，只有住下去，努力把三年書唸完，畢業才有工作，才能改善家計。我唱完，小薛也唱了一遍，小葉又再唱了一遍，最後三個人一起唱一遍，那是眞能讓我們減輕痛苦的方法。

正在唱歌時，突然有一陣簫聲，從三樓傳了下來。

「咦！那不是《明月千里寄相思》嗎？」小葉說。

「走！我們上去看看！」二人順著樓梯，走到三樓，就在走廊的角落，有一個人正在吹簫，走近一看，是三年級的學長。

「學長好，眞好雅興，不會打擾到你吧？」小薛說。

「不會！不會！我正在想一個人，順便就吹起簫來，我希望簫聲能傳到她的心裡。」學長憂鬱的說。

學長告訴我們他姓張，後壁鄉人，初中時有一個要好的女同學，自從他上了南師後，那位女同學的家長就禁止他們來往。

「她爸爸說的也沒錯，當小學老師，待遇低，怕女兒受苦也是人之常情。」學長幽幽的說。「不過，我服務滿三年一定要上大學。」學長對著明月堅決的說。

「我們相信你會的，我們祝福你。」學長和我們三人慢慢走下樓，邊走邊聊。從那時起，升學的種子也在我心中滋長發芽。同時我發現自己好喜歡簫聲，一定也要去弄一支來跟學長學習。

走到一樓時，突聞東邊那幢音樂教室，傳來一陣呼天搶地的哭聲，我們正感到奇怪時，學長告訴我們，每年中秋或過年，住在音樂教室旁的老先生，都是痛哭哀嚎，想念他大陸的親人。

「走，我們過去看看！」小薛最好奇，也最熱心。

「老先生，我又來看你了！」學長低聲的說。

「謝謝你，謝謝你，每一個人看到我這樣，都像看見鬼一樣，離我離得遠遠地，好像我會陷害他們，只有你，張同學，你的關懷讓我好窩心。」老先生停止哭嚎，叫我們在旁邊的石階坐下，他自己坐一張破舊報廢的學生椅子，沒有多餘的椅子可以給我們坐。

我們詢問老伯伯的身世，他告訴我們他本來有一個幸福美滿的家庭，當時國共內戰國府要撤退來台，到處抓兵丁，他是在一次外出買東西時被抓來的，家人根本不知道他到了台灣。

「我有父母，有妻子，有小孩，就這樣活生生被弄散了，如今已過了十二年，我最小的孩子，應該可以結婚了。」他喝了一口酒，陷入了回憶之中。我們那時才十六、七歲，不太知道這些人間的悲劇，直到後來到社會上做事、服兵役，才遇到很多類似的人，有的十幾歲就被抓來當兵，有的整個學校由老師帶過來，有的在戲院看戲就被抓來。可是當時我們根本不知道這些，我們只單純地以爲老伯伯和我們一樣想家而已，然而，他想歸想，卻有家歸不得，我們卻可以隔一段時間後回家，那種思念應該是不一樣的，那種痛苦的程度也是不一樣的。

這是一個相思的日子，我和小葉、小薛想家，學長張大哥想他的女朋友，老伯伯想他大陸的家人，唉呀！程度雖然不同，相思卻是一樣的啊！

那時我們還年輕

有一次我讀尼洛的《咆哮荒塚》，寫了一篇評，文海雄看後說：「很含蓄，小說只要含蓄像詩就是好的嗎？」我們就是這樣，在年輕、不甚懂事的歲月中，互相激勵……

由於師校的課程並不難，只想低空掠過，簡單異常，於是各種課外活動蓬勃發展，有文學社、國畫社、書法社、籃球、棒球、排球隊、管弦樂團……多得不勝枚舉。

我和福建、海雄、永安、小鍾、小許熱衷文學，除了辦班刊，當校刊編輯外，也自組文學研究社，又是貼海報招生，又是到各班去拉人，幹得很起勁，好不熱鬧。

永安買來一本覃子豪寫的《詩的解剖》，大家爭相借閱，甚至在一起討論。當時台灣現

▲昔日南師宿舍前與呂文一（右一），陳海雄（中間）合影，左一為筆者。

代詩正處於十分熱鬧的時期，各種論戰、宣言層出不窮，但我們一來資訊有限，許多刊物不易取得，二來學養也不夠，沒有參與論戰，只默默寫我們的詩，有時幸運蒙刊物、副刊發表，大家互相羨慕一番，但大多數仍只有在校刊和當時台南市的救國團刊物《青年天地》發表。當時青年天地的主編姚孟涵老師正在南師任教，我們便首先請他來演講有關詩的問題。

姚老師演講中還是不認同當時許多創新性的作品，他就曾嘲諷：「什麼一頂帽子的一頂帽子的一頂帽子/然後/又是一頂帽子！」講得台下笑彎了腰。

小許更不信邪，去函中華日報副刊請他們派一位作家或主筆前來演講。我已忘了這位演講者叫什麼大名，只記得後面的發問時間，我問了一個阿保里奈爾的圖像詩問題，這位作家也真絕：「請這位同學上來把阿保里奈爾的外文名字寫出來好嗎？研究外國作家、詩人，一定要寫出原文名字，否則容易張冠李戴。」這下子可好，我竟不知阿保里奈爾的外文名字怎麼寫，一時傻在那裡不知如何是好，那位作家不好意思的說：「抱歉，我不是有意讓你難堪。」然後發表了一點他不同意圖像詩的意見。不過，他在結束時強調：「這只代表我個人的意見，你們可以再升學深造，努力研究，各種文學的美學，都有人贊成，也都有人反對。」

由於經過這個刺激，我服務三年期滿，考上大學外文系，希望彌補一點對外國作家、詩人的一無所知，只靠翻譯，效果打了很大折扣。小鍾乾脆到外國唸書去了，小許竟不再寫詩，而永安也早早結婚生子，每天計較著小孩的乖或不乖，功課好或不好，什麼詩啊！文學啊！大概都拋到九霄雲外去了。

海雄和福建比較實際，他們沒有詩人那種狂放，實實在在看自己的書。我們常在晚飯後繞著學校的運動場散步，談一些閱讀經驗彼此分享。從談話中，我知道海雄看的書很多，卻不輕易執筆爲文，有時候我看完一本書，寫了一點讀後感批評，他總會點出我的偏見，比如有一次我讀尼洛的《咆哮荒塚》，寫了一篇評文，海雄看後說：「很含蓄，小說只要含蓄像詩就是好的嗎？」我們就是這樣，在年輕、不甚懂事的歲月中，互相激勵長大。海雄後來把他的文學功力，發揮在「教育文章」的書寫上，在《國語日報》發表，並贏得好評，結集成書。這些也有助於他後來考上國中校長，並榮升國立高中校長，他踏實、勤奮，做事嚴謹，做學問不草率，相信他所領導的學校，師生都有福焉。

至於福建，也不寫詩，他的論文和書法，常是學校比賽的常勝軍。做人樸素、實在，新生訓練時就坐在我旁邊，當時聽新生訓練課時很感無聊，就拿起紙筆亂寫，福建竟然讚美我：「你的草書寫得很漂亮！」眞會鼓勵人，其實我只喜歡于右任的草書，常常臨摹而已。開學後才知道他的大楷小楷經常比賽得獎。他的論文更棒，只要他代表參加，一定得冠軍。有一次他竟然向國文老師推荐我，國文老師也信以爲眞派我出去，我寫論文和寫散文、詩一樣，不按牌理出牌，名落孫山，自是必然。

我考上高師英文系時，曾到援中國小去看福建，當時福建只表示家庭因素，只想好好教書，不再升學了，我心中感觸很多。像他這樣的程度，不再升學的還有很多，援中國小的老師告訴我，福建幾乎是以校爲家，關愛學生如自己的小孩，主動爲功課趕不上的學生實施補救教學，這樣好的老師，終於獲得杏壇芬芳錄和師鐸獎，不久就甄選爲校長。有一次我在電視上看到有一家記者採訪福建服務的學校，校園種滿各種花草，開得美不勝收，記者對著鏡頭大大的讚揚福建：「學生在這樣美的學校，享受日日薰陶教化之功，校長用心良苦。」只見福建一身樸素，在旁微笑，不知道的人，還以爲是該校的工友呢！

像這樣勤樸的同學，後來當了校長的還有德近、信雄、正豐等多位，以我所認識的同學中能當上校長的，都是不計利害、犧牲奉獻，勤奮努力者，其他班或其他屆的校友當亦如是。執筆此刻，回憶當年同窗共硯，還深覺與有榮焉呢！

意猶未盡再話鮮師

他午睡乍醒，匆匆趕來，常忘拉褲子拉鏈……

每一個人一生中都會遇到許多師長友人，在歲月中有的慢慢淡忘，卻也有許多印象特別深刻，一生都忘不了。我在讀董橋的散文〈幻境中的名士〉乙文，就被他所描述的兩位名士打敗了，董橋文中所提乃根據季羡林回憶他的老師葉公超和余平伯。說大名鼎鼎的葉公超在清華教英文，使用的教材課本是珍．奧斯丁的《傲慢與偏見》，葉先生竟然從不講解，讓每一位學生輪流朗讀原文，偶爾大喊「stop!」問學生有沒有問題，若沒問題就繼續朗讀下去，直到下課。若遇學生提問，他會大吼一聲：「查字典去！」這一吼，師生彼此相安無事，唸到學期結束。

另一位妙師也是大名鼎鼎的名作家俞平伯，季先生說余平伯是著名詩人、散文家、紅學專家，在課堂上選一些自認很好的詩詞，搖頭晃腦的朗誦了起來，有時閉上眼睛，彷彿沉浸在詩詞的境界裡，有時突然張開眼睛，連聲叫好，學生正等著他解釋，他卻又讀起第二首來了。

我看了董橋描述季羨林這兩位妙師、名師，不禁想起在師校時的幾位妙師，此時此刻，他們的容貌彷彿如在眼前。

先說國文老師林禎祥，他雖是國文老師，卻教我們公民，因爲國文已排給導師張老師了。林老師教公民並不和一般公民老師一樣，滿口仁義道德，他幽默風趣，滿肚子故事，同學們常聽得津津有味，有一次他談到家鄉的女人，在河邊洗衣服，撩起褲管，露出雪白大腿，一副秀色可餐的模樣，他一面講一面比動作，好像十分陶醉，同學也聽得一楞一楞的。那時我們才十六、七歲，對異性充滿好奇，大家聚精會神，認眞聽講，雖是下午第一節卻沒有人打瞌睡。二十年後，我常在報紙副刊看到林禎祥的幽默散文，聽說就是林老師的傑作呢！林老師的公民課大概都排在下午第一節，他午睡乍醒，匆匆趕來，常忘了拉褲子拉鍊，有時綁內褲的白色帶子竟然伸了出來和我們打招呼，只是我們都不敢告訴林老師。時光匆匆距離常可閱讀到林老師的幽默散文的年代，一晃眼地又過了二十年，不知林老師仍健在否？只是不曾再讀到他的大作了。

再說音樂老師蔡誠絃，常用台語上課，罵人用台語更流利，他個子瘦瘦小小的，講話卻中氣十足，罵起人來如雷貫耳，用詞更是讓你一輩子難忘。大家印象最深的是抽考每一位同學彈風琴，他從不教五線譜，也不談樂理，但指定的曲子你一定要會彈。遇到考試，同學常常搶琴加緊練習，說也奇怪，他雖沒教，卻總有幾位同學音樂造詣不錯，還成立班級樂團，此時不會看譜的就請教會看譜的，考試還可馬馬虎虎過關，當然挨罵的人也不少。我就是其中之一，印象最深的一次是我太緊張彈錯了，手指上正戴著一枚不鏽鋼血型戒指，蔡老師竟然以此為題，大加發揮：「嘿！戴戒指就會彈了？也不看自己多笨，還戴戒指！」從此以後遇有考彈琴時間，總是再三檢查全身，希望不要留什麼給蔡老師發揮的話題，但說也奇怪，蔡老師常會在沒有話題中找話題：「什麼？不會彈？坐得那樣端正也不會彈？」我就不懂，坐端正跟會彈琴有什麼關係？話雖如此，畢業後勉強當老師上音樂課還是沒什麼問題，我記得我服務三年期間還替不會彈琴的老師上音樂課呢！想來也是蔡老師罵出來的，功勞不小哩。

另一位「蓋」師就要數安榮祿了，安老師教「教育行政」，屬於乏味的課程，且課本重點背一背即可考高分，我們就不太注重課本，反而對他的「重慶沙坪壩回憶錄」特別感興趣。安老師長得瘦瘦高高的，留小平頭，四十來歲，笑容滿面，一點都不嚴肅。他一走進教室，同學馬上大喊：「沙坪壩，沙坪壩！」「好好，先來一段正課，否則課本豈不教不完？乖乖聽哦，不認真可就不講沙坪壩了！」嘿！真像騙小孩子，但我們為了聽精采的

「沙坪壩回憶錄」，每一個人都十分認眞。乖乖，每次都剩十分鐘，每次都講到正精采的地方鐘就響了。「好了，下節多講一點！」就這樣「沙坪壩」在我腦中歷久不忘，至於什麼「教育行政」由於不走「行政」，早已忘得一乾二淨了。

我不知道葉公超、俞平伯兩位先生的教法人家有何看法，但據季羨林的說法，學生都以上他們的課爲榮，看來只要大名鼎鼎，你在講台上怎麼教都可以。我就時常聽說許多大學的名教授，上課遲到、早退並不稀奇，叫學生自己上圖書館找資料更是常有的事。有時叫班代來通知自動下課，因爲老師要開會。更絕的是某校一位教授告訴學生：「只要上課十五分鐘，老師還沒有到，就自動下課！」想到自己唸書時的鮮師、妙師，一時還意猶未盡呢！

窮人的路

我替豬舍主人放牛，除了免費借住空豬舍一小間外……

暨南大學教授李家同在演講時指出我國忽然出現了「大批窮小孩子」，許多窮家的小孩付不起學費、營養午餐費，被迫中途輟學被黑道吸收，非法從事各種販賣光碟、毒品，當賭場保鏢、神壇八家將……等等，令人對當前的社會現象憂心忡忡。

讀了這一段新聞報導，不覺一陣酸楚湧上心頭。我的童年正值台灣最窮的時期，許多同學連小學都沒唸，有的只唸到初中，那時能唸書的繼續唸，不能唸的就早早去學功夫，各行各業都有，吃足了老師傅、師兄的打罵苦頭，後來成了社會各行各業的精英，有的甚至成了企業的大老闆。台灣的經濟奇蹟，有一半是這些沒唸什麼書的學徒，胼手胝足打拼出來的。

我在師校的同學，有一大部分是三級貧戶，只要熬過小學、初中，考上師範，有公費又有住宿，衣食無憂，好好唸完三年，服務三年期滿，可以考大學，許多三級貧戶都是循這修學管道唸上來的，有的甚至做到中央級的官員，只可惜他們已忘了當年是三級貧戶，窮困的痛苦，他們忘了留一條路給貧戶的小孩走。

小葉不知道是幾級貧戶，有一次放暑假到小葉家玩，發現他們住的房子，竟然是人家的豬舍空出一小間來，除了可以勉強遮風避雨外，實在找不到一處可以唸書寫字的地方。小葉指著屋外的一塊大石頭和一塊小石頭，問我：「這兩塊石頭是做什麼用的？」我想了半天，然後搖搖頭。小葉說：「這就是我的書桌，平時拿著課本，趕著牛到田裡吃草，一面放牛一面唸書，有作業就在這塊大石頭上寫，小石頭就是椅子。要寫作業不能放牛，事先一大早就要去溪邊草埔地砍一些雜草回來，如果有甘蔗收成，就去砍甘蔗尾回來，我替豬舍主人放牛，除了免費借住空豬舍一小間外，也可以獲得小額零花或免費食物。父親早就積癆成疾過世，母親打零工賺的也不多，幾個兄弟小學畢業後都到都市當學徒去了，只有我唸的好，考上師範，勉強有書唸。」

你一定不知道我到小葉家晚上住那裡，我想你一輩子都猜不到，原來小葉鄰居有一家棉被店，白天打棉被，晚上我們就睡在打棉被的木板上，眞是新鮮。至於吃嘛，那也簡單地瓜一鍋，到附近河裡抓一些魚蝦、青蛙煮湯，也就打發了。我最忘不了的就是吃「豆頭」，什麼是「豆頭」？原來是做豆腐剩下的豆渣，煎一煎，放一點鹽或糖，竟然十分好吃，現在不曉得還有沒有人吃那種東西？據說那是拿來餵豬的，沒得吃，人和豬有什麼區別？住豬舍、吃豬食，令人終生難忘。說到吃豬食，地瓜葉也是豬食，當年窮人家吃地瓜葉，現在還是富有人家的小點心呢！

還有小許，父親撿破銅爛鐵，居然也養了一大堆小孩，我沒仔細問小許，不過大概有七、八個兄弟姊妹。小許的父親常告訴我們這群去他家的同學：「一枝草一點露」，沒有什麼可以讓人活不下去，他告訴我們，他九歲時獨自一個人流浪生活，因爲父親死了，母親改嫁了，跟著伯父生活，伯母卻不願意，只好自己流浪，「沒什麼了不起，眞的，我曾經用小竹子粘上柏油到廟裡的香油錢箱借錢，沒辦法嘛，我說神明也不希望我餓死，我有錢後一定加倍奉還。」小許的父親說得很自在，一點都沒有愧色。

「你們知道嗎？我一個人流浪，從雲林海邊流浪到北港，然後流浪到嘉義，也沒有餓死啊！一枝草一點露嘛！」我最喜歡聽小許的父親講他的經驗，每次我都急著問：「那後來呢？」

「後來我就活下來啦，沒餓死啊！做這個不行，換做那個，沒唸書，沒學技術，沒拜師，只好撿破爛，其實你們不知道，撿破爛最好賺，往往花一點錢買回來的東西，可以賣不少錢，完全賺工錢啦！」

小許家是簡陋得可以，「都是我撿回來的廢棄東西啦，釘一釘，就可以住了，人家不用的家俱，修一修也可以用啦！」小許的父親告訴我們，在貧窮的年代，大家都窮，物資都缺乏，否則一定有許多破爛可以撿。

小許就生活在這種環境下，也常隨父親出去收破爛，訓練出一種堅毅不怕苦的意志，畢業後志願到山區偏遠地區服務。每當《酒矸通賣嘸》那首歌響起，我總會想起小許和小許的父親來。在那個貧苦的年代，這樣的人太多，然而，他們還不是熬了過來！

最近經濟確實不景氣，生活比以前差了一些，但比起四、五十年前，應該好得太多了，我不知道是否要學小許的父親告訴大家：「沒什麼了不起的啦，一枝草一點露，餓不死人的。」

感恩總在磨練後

朱淳老師，五短身材、胖胖的，活像不倒翁，笑口常開……

開學一段時間之後，慢慢喜歡上這個學校，不再怨嘆因家窮被迫讀公費，不再愁苦必須服務三年的規定，我深深愛上這裡的自由學風，沒有升學壓力，上課可以聽可以不聽，學校有許多措施是別的學校沒有的。

例如班聯會，每班有一個班代表，還設有班聯會總幹事，代表們除了自己開會之外，也有全校動員月會，幾個能言善道的學長，坐在禮堂的上方，下面坐滿全校師生，他們是主角，滿有架勢，每人均能侃侃而談，他們高我一、二屆，本來不認識，就因爲他們在台上的傑出表現，讓我印象深刻，至今無法忘掉

▲南師學生自辦運動會時簡陋的司令台。

▲南師學生自編自導的節日。

他們的大名，他們之中，有些已幹到中央部會首長，我想除了他們自己的努力外，學校的訓練方式也功不可沒。

另外，學校慶祝校慶的運動會，也很有特色，老師完全列名指導，主角都是學生。當時規定畢業年級主辦，二年級協辦，一年級觀摩。所有裁判長、裁判、大會會長都是學生。校運當天，許多畢業多年的校友會回來，我看到他們擁抱老師的親熱勁，是我在教育界服務到退休所僅見。其中印象最深的是體育室主任朱淳老師，五短身材、胖胖的，活像不倒翁，笑口常開，許多早期畢業的校友回校，都會去看朱老師，穿得花枝招展的女校友，抱著朱老師又親又跳，在四十年前風氣閉塞的年代，的確讓我們這些小毛頭大驚失色。

學校的社團活動也都是同學自己發起，貼海報招生，選社長、幹部、聘指導老師，樣樣自己來。我就曾到女生班去招生、約稿，站在講台上面對一群女生，嚇得說話結結巴巴，走出教室渾身濕透，汗流浹背，而人的膽量都是這樣訓練出來的，我在服務期間能主辦全縣觀摩教學，全縣躲避球比賽等，這一些大型的活動而不怯場，得利於這段期間的訓練，現在好了，時代不同了，年輕男女學生嘻嘻哈哈，打成一片，爭先恐後搶上鏡頭，我對他們的機會感到羨慕，也對他們的未來充滿信心。

學校每年幾乎都會有一、兩場才藝表演的晚會，有人上台彈鋼琴、拉小提琴，有人表演相聲、話劇，有人表演舞蹈，只要有才藝，大家都有發揮的空間，許多師長也不甘寂寞，競相露一手。有一年的晚會，教官孫秋林拉了一曲《秋水伊人》的胡琴，其幽怨動人的琴聲，至今仍盈繞耳際。

三年級在畢業之前有兩個禮拜的環島校外參觀，也都是由學生自己辦。當時的蘇花公路十分狹窄，一般遊覽車不能通行，我們就分成兩隊，一半向南，一半向北，向南的車子開到花蓮，向北的車子開到蘇澳，然後各乘金馬號公路局車子北上或南下，然後換車回到學校。班上的小李是家中的獨生子，爲了傳宗接代，三年級就早早結婚了，在蘇花公路上他驚叫連連，因爲看下去就是太平洋，他說：「掉下去怎麼辦？」我說：「怎麼辦？涼辦！」眞的，人坐在車上，往下一望就是浪花翻滾的太平洋，往往有百公尺深，掉下去能怎麼辦？我們班是南下的，直到車抵蘇澳，小李的臉上才有血色。

那是一個貧苦的年代，我們環島旅行羨煞不少同學，但是我們每到一地都住當地的師範學校，睡禮堂、打地舖，吃該校的伙食團，現在的學生校外旅遊就住大飯店，聽到我說住學校都露出訝異的神情。

由於互相借住，招待變成很重要的活動，那時我們只要知道有一個學校某日要來，早在數日之前，又是張貼海報寫上熱誠歡迎的字句，又是大買特買，爲他們加菜，有的學校甚至辦晚會歡迎。禮尚往來，只要哪一個學校受到你特別熱情招待，你們一到他們學校，鞭炮從路口放到校門，兩邊列隊歡迎，場面之熱烈，可以比美凌波演梁祝時，遊行台北城的盛況，報上說「萬人空巷迎凌波」，差可比擬。

還有一個最特別的活動：「謝師宴」，許多現在的畢業學子常爲「謝師宴」所苦，

▲南師學生自編自導的節日。

因爲設宴在大飯店，酒席又不能馬虎，富有人家還好，窮人家子弟可要花心思看如何打工賺錢以謝恩師。我們可不用煩惱，不是我們富有，而是謝師宴都在校內運動場舉辦，現成的課桌椅一擺，學校又有餐廳，菜由伙夫自己做。宴會可以由下午四、五點一直鬧到深夜，老師學生盡歡，花的錢又不多，都是由伙食費中挪用而來。我說給自己的學生聽，他們都覺得不可思議。紛紛表示，太神奇了。

現在師培法改了，沒有公費，我不知道像我這樣的窮學生如何走這趟辛苦求學之路？學生也不必住校，整個感覺都不一樣了，我不知道沒有當年培養師資的氣氛，培養出來的老師，是不是會不一樣？我腦中浮現這些問題。當年因家境而選讀師校，如今當了大官的同學們，是否也常會想這個問題？

苦悶的年輕心靈

每一個人年輕時都會沒來由地苦悶，「多愁善感」的情緒時來時走，塗塗寫寫倒也過得去，只是書看得不多，人生體驗也少，寫下來的思緒盡歸蒼白……

每一個人年輕時都會有沒來由的苦悶，尤其多愁善感的人更嚴重。我說過有許多書陪我度過一些寂寞痛苦的日子，但有時是書也看不下，老覺得有一種莫名的愁苦從心中升起，像萬蟲鑽動，鑽得你渾身不自在，此時，塗塗寫寫反倒能安慰、熨平那起伏不定的心靈。

寫呀！寫的！寫些什麼？那時看的書不多，人生體驗也少，是蒼白，寫的東西都十分蒼白，不是苦悶就是憂鬱，有時當然也蒙士編的青睞予以刊出，但退稿的比率很高。我記得有一次想起車禍過世的同學，寫了一篇回憶性的悼文，還附了一封短信給主編，那篇文章不但沒用，校刊出來時竟有一段教訓式的編後語：「寫什麼哀悼的兒女私情文章？當此國家民族的生死存亡之秋，凡我中華兒女必如何如何……」這位姓沈的主編曾參加校外徵文比賽獲獎，學校還在司令台上表揚他，記得他寫的題目是「孤帆遠影碧空盡」的短篇小說。我當時被他訓得啞口無言，也對他的寫作能力十分嘆服，可惜四十年了，沈學長卻未在文學上有所發揮，也不知他現在在哪裡。

我的同學小林也是苦悶的，我問他如何排除苦悶，他告訴我「對鏡梳頭」，看到自己一頭烏黑的秀髮，加上理髮師幫他理一個標準的「黑魯巴克」❶，抹上油，他說越梳越起勁，也越梳越喜歡自己，他相信他會比我們快一點得到愛情的滋潤，果然不久，他就交上了一位學姊，畢業後馬上結婚，從此在高雄「覆鼎金」❷過著幸福快樂的日子。

苦悶大概是年輕人的代名詞，坐在我右邊的小許和坐在我左邊的小蘇也都常常喊苦悶，小許家住高雄前金區，父親踩三輪車維生，母親打零工，替人洗衣服等賺一點小錢貼補家用，小許屢次表示他窮怕了，他將來一定要努力賺錢，改善生活，但我對他的「抱負」抱著懷疑的態度，當時教師月薪才七百八，怎能致富？所以小許和我到海安路一家成衣廠找我妹妹後回來向我表示，希望我幫忙他追我妹妹，我妹妹也表示有些喜歡小許，但我怕妹妹過苦日子，一直未置可否，也就很少再找小許去海安路，小許雖每天喊苦悶，但我都假裝聽不懂，當然追我妹妹的事就沒有下文。反倒是畢業後小許投入幅江商場的生意圈，服務三年期滿辭職專心做生意，一直發展到有兩三家公司，也有一家國際貿易公司，和我

這個窮教員有著天壤之別，讓我懊惱沒有大力促成他和妹妹的姻緣，但人生路誰能預測？早知如此人人都成爲億萬富翁了。

小蘇也常大喊苦悶，但他看過很多文藝書籍，文筆也不錯，寫了一些艾雯式的美文[3]發表，很有女生緣。當時我常看他手拿《曇花開的晚上》散文集，細細體會艾雯的優美詞句，果然他發表的文章，也頗能打動女同學的心，但他獨鍾「鹽埕人」，每次寫文章都會加註「致鹽埕人」，但鹽埕人好像無動於衷，反倒是一位長得福泰福泰胖胖的謝姓同學對他頗有好感。有一個週末的晚上，小蘇突然很興奮告訴我有女同學約他看電影，我既懷疑又羨慕，在那個年代，女追男可是大新聞啊！小蘇要我不要聲張，匆匆穿好外服就趕到電影院去了。可是，不到半個小時，小蘇氣嘟嘟的回來，坐在床上，一句話也不吭。我問他怎麼啦？他只說了一句，不知哪一個討厭鬼惡作劇，到電影院去的竟是姓謝的女生。

後來他們三個人都沒有成什麼姻緣，只留下苦悶年代的一點點回憶。另外，獨生子小李，早早爲了傳宗接代就結婚了，每個週六他都匆匆忙忙趕回雲林口湖的家，星期日晚上回來時倒頭就睡，我們都很好奇，想問他一些男女的事，他都笑而不答，有時會生氣：「吵什麼吵，到你們自己結婚不就知道了嗎？」小李很少說他苦悶，但他覺得時間過得特別慢倒是眞的，他常大叫，怎麼才星期二，哇！過這麼久才星期四，什麼時候星期六呀！這大概是他唯一的苦悶吧！

當然也有人從未嚷嚷苦悶，小鄭就是其中一位，他家裡窮，每個週末都要外出陪一位企業家的兒子唸書，從週六下午一直到星期天晚上才回來，賺一點零用金。至於「外宿卡」蓋章，他都隨身攜帶一枚父親的木頭印章，自己蓋了交到教官室，教官也沒懷疑。那時學校怕學生外宿不回家都要交「外宿卡」，由父母蓋章，證明確實外宿時有回家，但嚴歸嚴，造假的辦法人人會想，也有互相蓋章的，教官並未查出來，只是當時社會環境單純，會這樣做大概都是忘了蓋章，教官也未深究。

小鄭說他很忙，忙於自己的功課，沒時間苦悶。後來他保送師大，一樣外出當家教，尤其他讀物理，賺家教的錢竟然還可以寄回去養家。最近聽小鄭述說他的求學歷程，還深深爲自己老叫苦悶感到慚愧呢！

---

❶「黑魯巴克」髮型為當年時下流行的髮型之一。

❷民國十三年（大正十三年），高雄街升格為市，覆鼎金隨左營庄歸入岡山郡。民國廿九年（昭和十五年），覆鼎金及鳥松庄之獅頭、本館、灣子內、寶珠溝皆納入高雄市。民國卅四年台灣光復前夕，再劃分為三個區：即三塊厝區、灣子內區、覆鼎金區；覆鼎金區轄覆鼎金、新莊仔、菜公。民國卅四年臺灣光復後改行區里制，縮編為十九區，區境的三區歸併為三塊厝與覆鼎金（合併灣子內區）二區，同年年底再縮編為十二區，將覆鼎金區取消，併入左營區。卅五年再縮編為十區制，將灣子內、寶珠溝、本館、獅頭、覆鼎金等村落自左營區劃入，改稱第十區公所；同年春，以區公所既設於三塊厝，復取立國準則三民主義之意義，奉令改稱三民區。

❸艾雯，本名熊崑珍，一九二三年出生於江蘇省吳縣，為五〇年代自大陸來台的外省籍女性散文家之一。早年曾任職圖書館、報社資料室主任，報刊主編，著有散文集《倚風樓書簡》等十種，小說集《生死盟》等九種，以專事書寫懷鄉憶舊抒情美文著稱。艾雯曾獲中國文藝協會散文類獎章，作品並曾被選入中學國文課本之中。艾雯更因她的第一本書《青春篇》而被推舉為「全國青年最喜愛閱讀之作品及作家」。

人生座右銘

往往沒來由的苦悶，心理學家說是狂飆期……

我找了幾位喜歡看書的同學，計畫成立讀書會，分享讀書心得，導師張老師卻告訴我，讀書會這個名詞有特殊意涵，容易惹麻煩，建議我不要成立，我當時才十六、七歲，不懂為什麼不可以成立讀書會，但導師既然說不行，也就算了，只成立寫作社，出版油印社刊，發表社員創作，不過所有刊物作品都必須由導師審核通過。

雖然不能成立讀書會，但幾個要好的同學利用散步時間，談談閱讀心得也是十分快樂的事。當時有一份刊物名叫《文星》❶，很能獲得我們青睞。尤其李敖以二十六歲英姿，力戰學者教授徐復觀、胡秋原和鄭學稼最令我們嘆服。印象最深的是〈老人與棒子〉❷，諷刺七、八十歲的政治人物何時交棒給六、七十歲的的「年輕人」；他寫一篇反駁徐復觀的文章，竟然拿名字當話題，什麼〈要讓徐復觀徐徐反覆觀看〉。小毛頭的我們，實在十分激賞年輕的李敖，《傳統下的獨白》幾乎人手一冊，可見當時他的魅力。

《文星》因爲第九十八期社論得罪了當時很紅的謝然之，出版不到幾天就下令收回，我因搶得先機買到一本，一直保存到現在。以現在的眼光來看當時的「文星事件」，其實是小題大作，文章再怎麼寫，再怎麼過份也不會像現在，如果現在許多刊物拿回四十年前，通通要關門大吉❸。「雷震案」就是最顯著的例子❹。民主自由的可貴，我們一路行來，體驗自深，也十分珍惜。《文星》停刊後，我到處找舊書店增補缺期的書，零零落落還是補不全，直到有一次到東吳大學拜訪好友，他剛好有兩套合訂本，送了我一套，我如獲珍寶，珍藏至今，那是一份多麼可貴的見證，見證人們如何從白色恐怖一路走過來。

另外，我們很喜歡散文家許達然的處女新書《含淚的微笑》，我們常爲他的多情、愛心而感動得淚下，書中一篇〈阿山，你爲何不再哀叫？〉寫一隻猴子，居然如同家人、兄弟、愛人一樣，寫得讓人對作者的愛心，萬分欣賞崇敬。書前扉頁：「人一出生，即哭泣，即尋覓，微笑啊！你在哪裡？」頗能虜獲我們年輕的心，小蘇動不動就大喊：「即哭泣，即尋覓，微笑啊！你在哪裡？」我們年輕苦悶的心靈好像因而獲得舒解。

年輕人的心靈是苦悶的，往往沒來由的苦悶，心理學家說是狂飆期。在那個貧窮的年代，沒有電視，收音機也不普遍，什麼網咖、飆車更是不可能，但我們還是苦悶的，我們如何排解，有人看金庸的武俠，雖是禁書，還是可以租到，有人看臥龍生、諸葛青雲（古龍那時還未成名)。有人看漫畫,於是四郎、眞平人人耳熟能詳,但我們幾位同學自視很高,已不再閱讀這些東西了,我們讀《羅蘭小語》,他細密的心思,頗能洞悉我們苦悶的源頭,我深深爲她的「論寂寞」所感動:「寂寞,不是面對高山、大海,不是面對沙漠沒有人煙的世界,寂寞是在人群中升起的無人瞭解,沒有同伴的淒涼感。」大意如此,原文未在手邊,但那時她的話語,像閃電,劈開我們混沌的腦門,像指南針,指引了我們沒有方向的徬徨。

我們也深深喜歡周增祥的《成功者的座右銘》,利用他的中英對照本苦讀英文。常常把其中重要的話語,抄在書本的扉頁,時時朗讀,也寫在書桌上,時時觀看勉勵自己。「刺激是前進的原動力。」是我最喜歡的句子,只要遇到不如意,遇到打擊,它常常在腦中一閃,讓我有勇氣度過難關。

周增祥的翻譯沒有硬譯的毛病,我們讀他的中英對照「麥帥爲子祈禱詞」,深深爲那句「在面對邪惡的時候不要懦弱」所感動,但我們的內心是矛盾的,導師告訴我們:「亂世要愼言」,可是我們看到許多不公不義卻又急於表達不滿,內外煎熬,苦況可想而知。不過,年齡稍長後對導師的愛護,還是心懷感激,因爲我看了許多史料,的確有很多有理想有抱負的年輕人,因爲違反某些人某個時代的要求,命運十分悲慘。

另外「青春」一篇，也深深影響了我：「青春，不是桃紅的臉頰，朱紅的嘴唇，以及美好的風姿；青春是一種心理狀態，只要心理年輕，有時七十歲的老人，也比十七歲的青年年輕」，我之所以能保持旺盛的鬥志，得利於這段話的啓示，我也曾失望過、頹廢過，那時年紀輕輕，就像一個小老頭，走路彎腰駝背，做事毫不起勁，但這一句話，像震耳欲聾的鐘聲，常常把我從消極中拉了回來。直到退休，我都尚無沒有老人的心態，這一句話功不可沒。

這些人生的座右銘，已經變成我身體的一部分，融入我的血液、我的骨髓之中，不論到七老八十，我都會保持昂揚的鬥志。

❶《文星雜誌》由蕭孟能於一九五七年十一月創辦，是六〇年代影響台灣青年思想最重要的一本刊物，代表當代青年勇於突破傳統，向權威挑戰的一股思想清流。

❷〈老人與棒子〉這篇文章發表後引發了繼五四之後的另一場中西文化論戰，也開啓了李敖與胡秋原長達十三年的紛爭。主張復興中華文化的胡秋原認為，「〈老年人與棒子〉這篇文章一點也不單純。」、「一句話就是後面有外國人。要打倒老頭子是哪一個老頭子，打倒蔣老頭子啊！」而李敖則以「當時我寫文章批評胡秋原他們，胡秋原他懷疑我背後有人，所以他反應很強烈，事實上就我一個人」反駁。這場轟轟烈烈的筆戰，不但提高了《文星》的銷售量，也為

李敖帶來了知名度；不過，三年後《文星》雜誌卻也因李敖的文章而遭到停刊的命運。

❸《文星》雜誌以「生活的、文學的、藝術的」為號召，對於西方文化與民主思潮的介紹，及台灣文學創作者作品的發表不遺餘力，在當時高壓統治的年代下，成了反映官方意見的重要園地，自然也就因為這些文章的刊出得罪了當道，而備受壓力。之後，《文星》於一九六五年十二月出版第九十八期後遭勒令停刊。作家季季在發表的〈文星和明星〉一文中提及的，「當年蕭孟能、朱婉堅、李敖三人可稱為『文星鐵三角』，後來『鐵三角卻官司相纏，鐵窗相見，蕭先生後來更是遠避海外』。」一段話更可見當時《文星》所代表的台灣青年思想軌跡。

❹一九六〇年九月四日，當時《自由中國》雜誌主辦人雷震，因意欲結合台灣省議會等社會精英準備籌組新的政黨，遭當局下令逮捕。

啼不住的猿聲

教師在教學中鬧的笑話，經常在家長間口耳相傳，比如學生寫錯「落五」，老師把他改成「落午」，家長直批：「學生落伍一半，老師全部落伍」……

我在讀普師一年級的時候，二年級、三年級都是普師科，另外只有一班特師科，他們是一般高中或職校畢業，擔任過代課老師然後進到學校進修一年完成「合法化」，其中不乏優秀人才，但平均素質比普師科低是事實，但那時教師待遇不好，月薪只有幾百元，教師缺額甚多，只要有人願意屈就，管他素質如何，教師在教學中鬧的笑話，經常在家長間口耳相傳，比如學生寫錯「落五」，老師把他改成「落午」，家長直批：「學生落伍一半，老師全部落伍」。還有更離譜的，老師寫「南方」的南中間是「羊」，學生說：「老師，課本不是這樣！」老師一看立刻要學生更正：「課本印錯了，羊字從來沒有兩橫，應該要改爲三橫，你們知道嗎，這些編書的人校對不細心，做事馬虎，眞要不得。」說得臉不紅氣不喘。

二年級以後學校改制專科，招收兩類學生，一類是甲類，師範畢業，服務期滿，再來深造。說深造是好聽，要學歷才是事實，我的印象是一副油條樣子。另一類是乙類，招收大專聯考落榜的學生，一方面素質不佳，一方面無心當老師，第二年重考比率甚高，只辦了一年就草草結束。最後才改製成五專，招收初（國）中畢業生，素質和普師一樣好，往往一個國中應屆畢業生才能考上一、兩位。後來再改成師院，參加大專聯考，此時教師待遇已提升至和一般民營企業薪資差不多，許多素質不錯的學生都願意選塡入學。

後來經濟不景氣，教師竟然變成高所得，許多人拼命爭取當老師，於是教師培育法在匆忙間修成，許多學校都設有教育學分班，師資竟然過剩，有許多人變成流浪教師，每年東奔西跑考學校，光報名費就花了好幾萬，交通、住宿費更不在話下，什麼時候老師變成這麼讓人羨慕的行業？眞是不可思議。想當年入學時，許多人都勸我要好好考慮，有人寧可去賣冰棒也不願意讀師校，眞是世事難料。

話雖如此，許多貧窮的小孩，借用學校的公費制度，完成人生的夢想當老師或服務期滿再深造的也不在少數。同學中就有一位姓胡的女生，第一年考上，因體力視力問題而被迫失學，第二年再來竟然考了狀元，學校看在她如此執著，終於破格錄取。說到入學體檢，現在回想起來也不免嚴苛了些，視力不行不可以，聽力不行更不可以，有人十二個手指頭也不可以（後來手術後才入學），有人臉上有肉瘤也不可以，因爲會讓學生容易分心。不久前我看大愛台播出《馬文仲老師的故事》，其實只要有心教學，殘障有什麼不可以？何況只有「相貌奇特」？

那時規定奇嚴，考試競爭也十分激烈，不是成績特佳者，很難獲得錄取，但我畢業服務期間卻發現，退伍軍人只要到花蓮師訓班受訓一年即當教師，他們之中，不會注音者有之，加減乘除不會先乘除後加減有之，眞是五花八門。

由於學生成員複雜，有普師科、特師科、三專（乙類）、二專（甲類），相處頗不融洽，紛爭時而有之，互看不順眼者亦有之，但畢業之後，這些恩恩怨怨都隨之煙消雲散，都還能在教育崗位上貢獻心力，數十年來台灣競爭力的進步，他們應該有一些功勞。

我自己也是在這個潮流改變中的受益者，首先是服裝儀容的改變。改成了師專之後，我們不再理光頭，我和小許在蓄髮之前一起去合照了一張照片，名曰：「光頭紀念」，模樣傻的可愛，許多學生看了都笑得前俯後仰。我們也穿起大學服，嘿！高中生（普師科當然算高中生）而能穿大學服，作夢都沒有想到，這是以後我爲什麼拼命準備升學的原因，我想，眞正上了大學，穿起大學服，名實相符，多神氣。

師範生有保送師大的名額，有　次一位教育部官員到校演講，同學中竟有人提意見：

「優秀的保送師大，剩下不優秀的教小學，小學教育怎麼會好？」我忘了這位官員怎麼回答，但保送制度一直沒廢。沒保送的也可以自己考，同學中考得不錯的也不在少數。當然，大部分任勞任怨，一直盡忠職守到退休者更多。

由於當年待遇差，政府訂了不少優惠政策以保障公教人員退休生活，後來社會經濟繁榮，老師也獲得改善待遇，優惠政策已於民國八十四年廢除，看到現在還有人在吵，甚至污名化老師，眞希望大家適可而止，讓啼不住的猿聲趕快過去。

青春微積分

青春的微積分中有「或然率」、「排列組合」、「多項式」……，談起青年作家不知何故自殺，感觸很多，人生正所謂「因緣得失，難說的很」，向左轉、向右轉都是路，何妨試上一試……

讀沈君山的〈高等微積分——迷人的大學生活．青春記憶〉乙文，打破了我以往對北大、台大自由學習，愛怎麼蹺課就怎麼蹺課的刻板印象。沈君山在文中細述數學系主任沈璿如何當學生，讓學生吃足苦頭的情形。他有一位姓劉的朋友居然怕沈主任怕到只要沈主任下班時間會從球場經過，劉姓友人就神秘失蹤。而且劉先生竟因一科高微在台大弄了八年才畢業。至於沈君山有鬼點子，又是向高材生借筆記，又是請學長臨陣補習，居然能高分過關。而德文就沒那麼幸運了，因為一科德文，沈君山在台大唸了六年才畢業，當然其中包括一年先去服兵役。這些痛苦的記憶，如今都變成美好的回憶。

回憶當年的師校學習生活，反而比他們更自由，更沒有壓力。蹺課當然不敢，但神遊蒼冥者則比比皆是，有打瞌睡的，有看小說的，有寫情書的，當然更有寫情詩的。記得當時許多老師一進教室，兀自侃侃而談，從不問問題，不必擔心被叫起來呆在當場。教歷史的張家彪老師最絕，一百八十公分高體型，總經理的面貌，戴一付眼鏡，十分斯文，往講台一站，活像臘像館的雕像，肚子裡面放一架留聲機，一口京片子，沒什麼高低、抑揚頓挫，學生如被催眠，足足倒了一半以上。

不過，沒關係，歷史課嘛，自己讀一讀，考試無不高分過關，難不倒我們，至於數學、物理、化學，就沒這麼好混了，考前往往再三看例題，做習題，每個習題總有一兩題做不出來。這時候班上物理高手、數學霸王、化學諾貝爾紛紛出籠，誰都知道誰那一科最厲害，前仆後繼、排隊請教，考出來，竟然全班高分過關。

那時我的物理解題能力奇差，小陳就是我的小老師，每次都霸佔了他考前的晚自習時間，一題又一題的教我，排在我後面的人經常等得不耐煩：「喂！該我了吧？」「喂，我只問一題就好！」「好了，以後規定每次最多只能問三題。」我才不管這些，物理課我不是看小說，就是寫詩，整個考試範圍可以說一片茫然，一次問三題，什麼時候才問得完？我豈不當定了。看到沈君山請小老師吃牛肉麵以示感謝，而我竟連一枝冰棒也沒請，眞是慚愧。

最慚愧的是後來畢業了，服務三年期間竟連一封信向小陳表示謝意都沒有。服務三年期滿，除了兩三位保送師大外，其他都得參加大專聯考，否則只有當兵去。那一年班上考得不錯，張正國上了醫科、小鄭師大國文、小蔡東吳法律、燕廷金融、小吳政大企管就只有小陳沒考上，不得已唸兩年制的師專。火車由南而北，在各站接大專生到成功嶺，車上好像同學會，好不熱鬧，獨獨小陳，一個人坐在角落，神情落寞，我竟然沒有上前安慰兩句，現在想想覺得當時太年輕了，只知道口沫橫飛、神采飛揚的說自己三年中如何埋頭苦讀，自己運氣多好，所讀的參考書版本，居然完全命中考題，而實力很堅強，竟然落榜的小陳，我們竟然完全忽視他的感受？

另外我的數學小老師是班上的數學霸王小吳，不要說在校期間的小考、月考需要靠他，就連大專聯考前我也把他請來住在家中教我或然率、排列組合、多項式等我最頭痛的數學問題。然而，十分奇怪的是小吳大專聯考也落榜了，臨去服兵役之前，我們小聚了一下，他笑嘻嘻的把一瓶六百CC的啤酒一口氣喝完，抹抹嘴角，反而安慰我說：「不要難過，等我服完兵役回來，保送就輪到我了，我們是最後一屆，高手一再保送，總有輪到我的一天。」果然，服完兵役回來第二年，他就保送上數學系，後來成爲國立高中的數學名師，月入可觀。至於小陳，師專畢業後仍回小學服務，沒再升學，但也當了校長，每次同學會都不再落寞，而是大談如何治校，如何把學生培養成有文化水平、如何教育改革的問題。正如同沈君山在文末說的，他因在台大唸了六年，反而被清華的梅貽琦校長相中，做了清華在台首任而且是唯一的原子爐研究所助教，因而與胡適、吳大猷結緣。而他的同學小劉也做成功的生意人去了，正所謂因緣得失，難說得很。

不久前去找一位住中部的文友，談起青年作家不知何故自殺，感觸很多，他說這位青年作家小時候，常由也是作家的父親用機車載他到家裡玩，年齡和這位中部作家的兒子差不多，可惜在功課方面讀得很吃力。我不禁想到那兩位物理、數學高手的同學，竟因總分不夠而落榜，再想到許多文學界的朋友，由於愛好寫作，功課常疏忽了，求學生涯走得比別人艱辛。回頭想想，這些努力研究教改的專家，不妨多費心了。

舊書攤情濃

逛舊書攤有時要很有耐心，因為有些舊書攤有分類，找起來容易，但大多數堆在一起，很難找到你要的……

我喜歡逛舊書攤，往往可以找到不錯的珍本書或絕版書，常常戲稱「尋寶」。手中最老的兩本舊書均購於四十幾年前，第一本是由墨人和彭邦楨主編的《中國詩選》，出版者是大業書店，發行人是陳暉，出版於四十六年一月，我買到的是民國四十七年五月的再版書，買到時如獲至寶。第二本是《十年詩選》，由上官予主編，明華書局出版，出版代表人是劉守宜，出版時間是民國四十九年五月，訂價只有新台幣二十元。《中國詩選》更便宜，訂價只有新台幣十元。當時我均以五元購得。如今雖已泛黃，裝訂的鐵絲已腐朽，但我自己加上新的道林紙封面，和一些新的書放在一起，時常抽出把玩，不亦快哉。

當時金萬字舊書攤最具規模，在體育館邊，我時常光顧，窮學生，能省一文是一文。何況有時買到許多名作家簽名送人的第一版書。這種書在外國聽說十分珍貴，有時竟高出原價好幾倍，可是我們的作家，興沖沖的出了一本書，趕快簽名請人指教，無奈竟流落到舊書攤裡，不知作者自己看到做何感想？我發現這種書以請某主編雅正最多，同時書本連翻都沒翻就賣到回收破字紙商，然後舊書攤再論斤買回，怎麼賣都賺錢。我一方面因爲買到便宜書欣喜，一方面也爲作者神傷，看來作家如果要送書，恐怕還是要多斟酌才是。

我也曾買到一本英文文法書，書後簽名竟然是某某名小說家，我大喜過望，名家用過的書耶，當時年紀太小，沒什麼値不値錢的觀念，買它的原因是我需要自修英文，英文文法書籍必不可少，同時它是小說名家用過的書，一定有些痕跡在裡面，果不其然，裡面連許多單字都用鉛筆註解，許多習題都做過，並用紅筆批改，可是我覺得這一位作家的英文程度還不是普通的低，從他犯了一些不該犯的錯誤就可得知，許多很簡單的字竟還要查字典註解，當時我人小不懂事，心想怎麼會這樣？但現在想想，人不一定全才啊！英文好，說不定中文不好，中文好，也有可能英文不好。不過，要清掉舊書，看來還是得小心，尤其知名人士，否則不知道哪天洩了底，可能不只有英文不好而已呢！

買舊書有時也有許多想像空間，例如我曾買到一本詩選，上面簽了兩個十分俊秀的字「文美」，我心想，文美是誰？是一個秀外慧中的女生，長長的頭髮，大大的眼睛？如果不靈秀怎麼會喜歡新詩？如果不俊秀，怎能寫得如此一手好字？看內容，知道他（或她）一定喜歡而且懂得，不然怎能改正詩中校對錯誤之處？而且有好詩，上面都做了記號？可是如果懂得又愛詩，怎麼會讓自己心愛的詩集流落到舊書攤？莫非此人已不在人間？唉呀！竟然有不祥的念頭！呸！呸！呸！不會的，如此靈秀的人怎會天不假年，不會的，不會的，一定是搬家或其他原因不小心失落了。總之！我爲這一本詩選「幻想」了好些年，幾十年來，還一直唸著蘇東坡名句：「但願人長久」呢！

我也買過一本密密麻麻寫滿感想的書，一本王尙義的遺作《野鴿子的黃昏》。原擁有人沒有簽名，也沒有購買時間，但裡面許多文章都加了很多眉批，尤其是〈現實邊緣〉那一篇。當王尙義寫到爲了和父親賭氣去賣牛肉麵，不小心割到手，書上寫了很多同情的話，且說他哭了好幾天。王尙義不願讀醫學而重考，書旁寫滿喝采的字，等到王尙義被迫重回醫科，一畢業就住進病房，書旁寫了一百多個奈何……奈何。王尙義有一段文字記載他寧願在校園荷池畔聽蛙鳴也不願去聽演講，書旁大大的寫了幾個字：「我也一樣，看法相同」。我買了這樣的舊書，大嘆王尙義地下有知，一定想起來和這位知音握手。有多少作家能有此知心人？

逛舊書攤有時要很有耐心，因爲有些舊書攤有分類，找起來容易，但大多數堆在一起，很難找到你要的，我就爲了搜集早年出版的期刊，只因缺了一兩期，幾乎走遍大小書攤，偏偏遍尋不著，有人說是書香，我卻常忍受霉味，不過，如果在某一個舊書攤找到你要的那一本，回家一湊合，剛好一整套，那種來勁，簡直比中了頭彩還要高興。

逛舊書攤還有另外一個目的，就是想找回我借出去的書，以前為了分享友好閱讀的樂趣，常把自己認為不錯的書借出去，過一段時間追討時，不是說別人借走了，就說不知放哪兒去了，如果再買一本，已沒有當時自己加註的感想眉批，心中老是惦記著那些走失的書，可惜一本也沒有尋回。

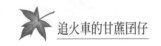

雲影已遠颺

《飄》裡面附了一封雲影的短信：「每每想到那一百多天的相處，總會留下甜蜜與感慨的淚水，我們再也不會有那樣的日子了。」真的，像夢，一切都飄走了，無聲無息的飄走了。

十六、七歲還是個孩子，懵懵懂懂的，什麼也不知道，外表傻呼呼，稚嫩的可以，但內心卻以爲長大了，什麼都知道，讀一點書卻自以爲滿腹經綸，什麼都看不順眼，十分自負。從一張當時的照片，那種頭抬得高高的，嘴角露出不屑一顧的神情，就可以知道當時何等狂傲。那一張照片的神情是模仿殷海光，當時我十分心儀殷海光的自由思想，我是在一本殷海光的書封底看到殷海光微微上揚的眼神，那一種向上凝視，望向遙遠的眼神，令我多麼崇敬，尤其他的論自由主義，更令我折服，雖然在那段白色恐怖時期裡，他過得並不自由。

然而，在狂傲的外表裡，卻隱藏著一顆挫敗的心，我和一般年輕人一樣，會對美麗的女生產生嚮往追求的念頭，第一個闖入我心中的女生，是一位外型酷似「吉永小百合」的女孩。吉永小百合是日本當時很紅的女星，清純的外表，正是青年學生崇拜的偶像。我們很多男生喜歡上這位女生，紛紛叫她「小百合」，小百合就成了她的外號，每一次她從女生宿舍走到教室，我們都會在三樓偷看，並輕輕叫她「小百合」，可惜，她都不知道。

爲了追小百合，我眞的用盡心思。學校校風是自由的，可以搞美術、音樂、文學，就是不能談戀愛和批評政治，除此兩樣，其他十分自由。既然禁止談戀愛，所有信件都要檢查，男生女生只要兩個人私下談話，一定會被叫到教官室、訓導處詢問，這可眞苦煞了我。我因此想到一位唸南女的表姊秀美，透過她寫信給小百合，編了一個故事，說有一位家貧失學的女生，現在正在一家成衣加工廠當女工，想跟她做朋友，把這位女生寫得很可憐。最後小百合眞的利用假日去看這成衣廠的女工。當然，謊話總是很難編得周全，結果並沒有成功，徒然留下一生難忘的笑話，只有秀美知道。

第二位闖入我心中的女生，也是大家目光的焦點，長得瘦瘦高高的，動作十分拘謹，側影十分漂亮，和我們寫生的石膏像十分相似，我們都叫她「側影」，也有人叫她石膏像，此時大家已經知道傳遞訊息的方法，也就是利用夜間偷偷溜進他們教室，把信放在她的抽屜裡，但是「石沉大海」是大家共同的命運。

雲影已遠颺

我開始寫一些小文章。發表在《青年天地》和《中華副刊》，查到「側影」的地址郵寄給她，可惜，仍然石沉大海沒有回音。不過，這兩次的單相思、單戀卻讓我創作了好幾首情詩和好幾篇抒情小品，算是意外的收穫。

第三次遇到心儀的女生時，已經是升上三年級的時候了，那位女生是五專的學妹，和我同鄉，既是學長，當然照顧有加，她也很喜歡文學，我發表作品拿給她，她都分門別類用剪貼簿收集起來。我告訴她我喜歡雲的飄忽，她竟然告訴我她寫文章要用「雲影」作筆名，顯然她要成爲我的影子，影子跟本尊不是不分離嗎？我太高興了，寂寞的心靈將有所依靠，我的文章越寫越多，發表的機會也越來越多。我成立了文學社，雲影也參加了，我帶他們郊遊，常相約一起到圖書館，一起坐火車回家，那段日子，竟是我三年高中生涯中最快樂的時光。

有一天，彷彿晴天霹靂，有一位自稱是「雲影」的姐姐找上了我，她是三專的學生，名字和雲影只差一個字。她告訴我雲影是五專生，我只有普師學歷，相當於高中生，在那個年代，男女的學歷要男高於女。她又說雲影才一年級，怕會影響學業，反正就是反對我們來往。最嚴重也最傷心的是她問我要不要考大學，這句話已深深刺傷我的自尊心，我告訴她我用事實答覆妳。當晚我就去找雲影，拿回我的作品剪貼簿，一句話也沒說。反倒是那位自稱雲影的姐姐匆匆跑來，焦急問我怎麼回事，我說沒什麼，要讓雲影專心唸書。

此時距離畢業還有一兩個月，我卻度日如年，恨不得明天就走，恨不得馬上服務滿三年，恨不得馬上去考大學。日子在痛苦中過著，終於挨到畢業。畢業典禮有許多儀式，包括師長講話，畢業生致詞、薪火相傳等等我都無心參加，像個木頭人般地走出禮堂，回到寢室整理行李。

叫了一輛三輪車，搬好行李，正準備離開這個傷心的地方，一位同學匆匆跑來送上一件包裹，她說是一位學妹托人送來的。我拆開一看，是兩本上下集的翻譯小說《飄》，裡面附了一封雲影的短信：「每每想到那一百多天的相處，總會留下甜蜜與感慨的淚水，我們再也不會有那樣的日子了。」眞的，像夢，一切都飄走了，無聲無息的飄走了。

代後記：我的母親

母親生於一九二三年，今年已八十二歲。和父親結婚時才二十歲，父親在二十九歲時因盲腸炎開刀失敗去世。從那時起母親就獨立撫養五個年幼的小孩。我是老大，那時才八歲，大妹七歲，二弟五歲，三弟三歲，么弟才只有七個月大，家無恆產，只靠作小生意，幫人做衣服，居然能順利把我們五個小蘿蔔頭養大，並接受教育，其中的苦況不言可喻。而她的小生意，一直做到八十歲因腦部中風爲止，可以說是不知道退休的人。從小到大，我沒有聽過母親

▲慶祝母親生日合影，右起妹婿林勝男、母親、妹妹、落蒂、二弟顯文、三弟顯誠，後排右起內人彭玉香，二弟媳、三弟媳。（小弟負責攝影未入列）

喊一聲累。她六十歲時我曾建議母親把小店收起來，搬來和我們同住，但她習慣鄉下生活，不喜歡無所事事。

直到前年（二〇〇二年）七月二十六日晚上，我突然接到么弟從大潭打來的長途電話說母親中風在嘉義基督教醫院加護病房急救，我立即開車和二弟、三弟連夜南下。和醫生討論的結果是要馬上開刀，但她已八十多歲，恐怕有危險。醫生介紹我們到台大醫院找杜永光醫師，可是電腦斷層照片，只能證明蜘蛛網膜出血，一定要再注射顯影劑才能找出正確位置，但照了兩次都找不到位置，要再作第三次，然而此時母親身體已不堪負荷，陷入半昏迷狀態，肺部又有嚴重積水，再做第三次核子顯影檢查，傷害一定更大，醫生雖然一再表示若不立即處理，恐有生命危險，但我們兄弟開會結果決定不再折磨母親，就讓她順其自然，當時我們內心也十分痛苦掙扎。十分幸運的是母親的腦出血竟然自動止血，在加護病房住了一個月，搬出普通病房一個禮拜，終於出院回家。複診時醫生仍再三表示若不開刀，腦中有一顆不定時炸彈，我們也十分徬徨，不知是否該聽醫生的話，就在這樣的十字路口，母親告訴我們不必如此煩躁不安，以後即使有事，也不要再慌亂，就讓一切順其自然。說來十分幸運，出院後的母親由坐輪椅到練習步行，三個月後竟然能生活自理，不必別人幫忙。如今已過了兩個新年，我們都十分感謝老天的照顧，根據一位醫界的友人告

代後記：我的母親

訴我，蜘蛛網膜出血自然止血的機率非常低，不開刀也能安然渡過危險期的更少，我們眞的十分感謝神明保佑。

也由於母親突然中風，促使我產生趕快出版《追火車的甘蔗囝仔》一書的念頭。人生的列車，就像火車駛運著你我的夢，朝前驅離，而你我就像追火車的甘蔗囝仔。本來我計畫寫人生三部曲，到目前大概只寫了三分之一，爲了讓母親生前看到她一生的奮鬥過程，就只好先把這一部分出書。內容著重在早年台灣社會的貧苦生活，及小孩子升學讀書不易，我卻能順利讀到南師畢業，並且有一份教師工作，這一切的一切，都是母親辛苦努力所賜予的。每當我帶著母親在中和公園散步，許多看到的人都讚美我孝順，他們哪裡知道，我這樣做也回報不了母親萬分之一的恩情。

當然這本書中所描寫的不單只有母親，因爲她是那個時代的堅毅女性的抽樣代表，在台灣可以看到數以千計像我母親那樣不怕苦、不怕累的偉大女性。她們在我心中，永遠慈祥和藹，永遠奮鬥不懈，我要以這本書表達我最崇高的敬意。

落蒂

二〇〇五年五月

落蒂寫作年表

・一九九四年生於嘉義縣新港鄉大潭村
・一九五七年新港國小畢業
・一九六〇年嘉義中學初中部畢業，九月進入嘉中高中新港分部就讀
・一九六一年七月重考南師，九月進入南師，開始發表習作於校刊
・一九六二年開始在南市《青年天地》發表習作
・一九六三年在《野風》發表習作
・一九六四年南師畢業，分發嘉義縣社團國小服務
・一九六五年在《中華副刊》、《中央副刊》發表習作
・一九六七年服務國小三年期滿，參加聯考，進入高雄師大英語系就讀
・一九六八年在《作品》、《葡萄園詩刊》發表習作
・一九七一年高師大畢業，分發省立民雄高中服務
・一九七二年服預官役

・一九七四年八月退伍，進入省立北港高中服務
・一九八〇年加入風燈詩社，作品開始在各報章、詩刊發表
・一九八一年四月出版《中學新詩選讀──青青草原》（青草地版），十月出版詩集《煙雲》
・一九八二年十一月出版散文集──《愛之夢》，十二月創辦《詩友季刊》，前後出版十三期；詩作入選《感月吟風多少事──百家詩選》（張默編）、詩作入選《葡萄園二十年詩選》（文曉村編）
・一九八三年詩作入選爾雅版《七十一年詩選》（張默編）
・一九八四年詩作入選爾雅版《創作世紀詩選》（瘂弦等編）
・一九八五年詩作入選爾雅版《七十三年詩選》（向明編）
・一九八六年詩作入選爾雅版《七十四年詩選》（李瑞騰編）及文史哲版《中華新詩選》（新詩學會編）
・一九八七年三月應《台灣日報》邀請撰寫青少年專欄「讀星樓談詩」，時間一年，每週一文。五月詩作入選張默編著《小詩選讀》（爾雅出版社）
・一九八八年詩作入選文史哲版《中華新詩選粹》《新詩學會編》
・一九九二年詩作入選《葡萄園三十年詩選》（文曉村編）

・一九九四年六月出版詩集《春之彌陀寺》（雲林縣文化中心）

・二〇〇〇年二月自北港高中退休，專事寫作。六月獲「詩運獎」；六月起在《國語日報》撰寫「新詩賞析」專欄

・二〇〇一年三月起在《台灣時報》副刊撰寫「讀星樓談詩」專欄，十二月出版評論集《兩棵詩樹——詩神的花園》（與吳當合著，爾雅出版社）

・二〇〇二年六月出版《落蒂短詩選》（列入中外現代詩名家集萃台灣詩叢系列二十九中英對照版），六月獲中華民國新詩學會頒贈「詩教獎」，八月詩作入選葡萄園四十周年詩選《不惑之歌》（詩藝文出版社），十一月詩作入選文史哲版《中國詩歌選》（潘皓編）

・二〇〇三年二月出版評論集《詩的播種者》（爾雅出版社）；五月獲中國文藝學會「文學評論獎」；五月詩作入選爾雅版《九十一年詩選》（白靈編）；九月應世界日報主編林煥彰之邀在《湄南河副刊》撰寫「小詩賞析」專欄；九月赴珠海參加「第八屆世界華文詩人會議」

・二〇〇四年四月應國語日報邀請爲「古今文選」賞析名詩人名詩。六月詩作入選《二〇〇三台灣詩選》（向陽編）；十一月應邀赴泰國曼谷爲泰華詩人專題演講。十二月應邀評審台北市「高中職詩歌朗誦比賽」決賽。十二月詩作入選「水都意象——高雄」（高雄廣播電台主編）